LA DRÔLE
ET TRISTE HISTOIRE
DU SOLDAT BANANA

DU MÊME AUTEUR

L'HOMME QUI REVINT DU DIABLE, Agone, 1999.

BIYI BANDELE

LA DRÔLE ET TRISTE HISTOIRE DU SOLDAT BANANA

roman

Traduit de l'anglais par
DOMINIQUE LETELLIER

Traduit avec le concours du
CENTRE NATIONAL DU LIVRE

BERNARD GRASSET
PARIS

L'édition originale de cet ouvrage a été publiée par Jonathan Cape, en 2007, sous le titre :

BURMA BOY

ISBN 978-2-246-73191-7

Ce livre est dédié aux 500 000 soldats de la Royal West African Frontier Force
et des King's African Rifles
qui ont servi aux côtés des forces alliées
pendant la Seconde Guerre mondiale.
A la mémoire de mon père,
Solomon « Tommy Sparkle » Bamidele Thomas,
un « Burma boy »;
les récits de sa guerre dans la jungle
résonnent encore à mes oreilles.
A mon fils Korede et à ma fille Temi.

L'arme est arrivée et je l'ai vérifiée, curieux de voir ce que les hommes en savaient.

« Qui est le numéro un ?

— Moi c'est ! » s'écria le soldat Ali Banana.

James SHAW, *The March Out*

Prologue

Le Caire

1

La guerre durait depuis deux ans. Un jour si chaud, si étouffant que les grandes artères du Caire, d'ordinaire trépidantes, étaient pour ainsi dire désertes. Un Anglais débraillé, voûté, titubait seul dans les ruelles sombres et les bazars de la ville, évitant de justesse chevaux, chameaux, bicyclettes, mobylettes, charrettes, piétons et voitures, à la recherche, disait-il, d'un pharmacien. Chaque colporteur qu'il approchait, à qui il tentait de parler, dans les rues étroites et congestionnées où flottait l'odeur du gingembre, du cumin, du bois de santal et de la menthe, dans chaque café enfumé par les chichas où il pénétra, tout le monde avait l'impression, quand il s'efforçait de parler sans pouvoir articuler le moindre son intelligible, qu'il cherchait quelque chose qui n'existait que dans son imagination enfiévrée. Ça au moins, c'était clair : cet homme étrange vêtu d'un uniforme de commandant de l'armée britannique qui flottait sur sa carcasse amaigrie, souffrait d'une fièvre féroce qui le terrassait. Il frissonnait sous la chaleur écrasante, claquait des dents comme par une glaciale journée d'hiver anglais.

« Pharmacien, marmonnait-il. Atabrine. » Mais ses mots bredouillés étaient incompréhensibles. A l'évidence, l'homme était malade. Pourtant, de ses yeux bleu pâle profondément enfoncés émanait une lueur de défi dans un visage osseux recouvert d'une barbe hirsute.

Jurons et insultes le suivaient tandis qu'il oscillait d'un côté à l'autre de la rue sans regarder où il allait, traversait puis retraversait la chaussée, au mépris de sa vie et de la circulation. Un coursier en charrette tirée par un âne, qui se retrouva dans le caniveau pour éviter l'homme, lui courut après et souhaita de tout cœur que ses parents divorcent. Un chauffeur, qui pila juste à temps, se pencha à la fenêtre de son véhicule et menaça d'abord d'engrosser la mère de l'officier, ensuite de le cocufier, et enfin de lui rouler dessus. Puis, faisant aussitôt acte de contrition, demandant à Dieu de lui pardonner les péchés de sa bouche, il fit monter ce fou d'officier britannique dans sa vieille guimbarde. Comme il ne parvint pas à tirer de l'homme une réponse lucide quand il lui demanda où l'emmener, il le conduisit tout droit à l'hôtel Continental, au centre-ville – tout le monde savait qu'il était plein d'officiers alliés. Il le remit au portier, tel un cadeau empoisonné, puis se hâta de remonter en voiture et de filer avant qu'on lui rende de force ce détestable client. Il n'aurait pas dû s'inquiéter. Il avait ramené le commandant Wingate où il fallait.

Des rides d'inquiétude se creusèrent sur le front du portier.

« Le commandant va bien ? » demanda-t-il.

Le commandant n'allait pas bien, loin de là. Mais le trajet en voiture semblait lui avoir rendu sa langue. « Retirez vos sales pattes, lança-t-il, je ne suis pas infirme ! »

Le portier se crispa et s'inclina servilement. « Bien sûr, commandant Wingate. Je vous prie de m'excuser, monsieur. J'essayais seulement de vous aider. »

Wingate tremblait si violemment qu'on aurait dit qu'il convulsait. « La seule chose dont j'aie besoin, frémit-il, c'est... Atabrine. J'ai besoin d'Atabrine.

— Atabrine... » dit le portier. Il réfléchit au mot, l'articula plusieurs fois, tenta diverses prononciations, s'interrompit, songeur, puis hocha la tête. « Ce nom me dit quelque chose, monsieur, annonça-t-il gravement.

— Quel nom ?

— Atabrine, monsieur. Est-ce l'un de nos clients ? »

Le monde se mit à tourner autour de Wingate quand il prit la direction du hall. Il s'approcha de la réception, ignorant un officier qui l'appelait depuis le bar surpeuplé.

« Tayib, Tayib ! dit-il avec un soulagement évident en voyant le concierge. Trouve-moi de l'Atabrine !

— Mais... commandant Wingate, sourit Tayib avec sollicitude, je vous en ai fourni tout un flacon hier seulement.

— Y en a plus, marmonna Wingate.

— Plus du tout, monsieur ? demanda le concierge en sentant la sueur perler à son front.

— J'ai pris les deux derniers comprimés ce matin.

— Ça aurait dû vous faire la semaine », dit doucement le concierge.

Derrière Wingate, au bar, de l'autre côté du hall, le colonel faisait des signes.

« Quelqu'un essaie d'attirer votre attention, monsieur.

— Trouve-moi de quoi tenir une semaine de plus, s'il te plaît, Tayib, dit Wingate d'une voix désespérée.

— Le colonel Mitchell, monsieur, essaie de vous dire quelque chose. »

Wingate, avec un dégoût évident, regarda le colonel. « Macaque ! persifla-t-il avant de se retourner vers Tayib. Alors ?

— Le Dr Hamid...

— Je l'emmerde.

— Tout à fait, monsieur. Mais l'ordonnance que je vous ai procurée hier venait du Dr Hamid, et le Dr Hamid a quitté le Caire ce matin pour rendre visite à son père à Alexandrie.

—J'ai besoin d'Atabrine. Je m'en remets à toi, Tayib. Je serai dans ma chambre.

—Je vais voir ce que je peux faire, commandant Wingate. »

Le concierge regarda Wingate se diriger d'un pas chancelant vers l'ascenseur, puis il appela le portier : « Ahmed ! »

Le portier bondit vers la réception.

« Il me faut de l'Atabrine, dit Tayib.

— Qu'est-ce que tu as fait du lot que je suis allé chercher hier chez le Dr Hamid ?

— Est-ce que tu peux ou non m'en obtenir par ton beau-frère ?

— Pourquoi est-ce que tu ne peux pas en avoir par le Dr Hamid ?

— Pourquoi est-ce que tu réponds toujours à une question par une question ? enragea Tayib en se penchant plus près. Il m'a fait tout un sermon hier quand je l'ai appelé pour le flacon que tu es allé chercher.

— Le Dr Hamid adore s'écouter parler, surtout quand il t'allonge une note salée.

— C'est pas le problème. Le problème, c'est que le commandant est venu me voir et m'a dit : "Tayib, trouve-moi de l'Atabrine."

— Bien sûr. Comme si l'Atabrine poussait sur les arbres.

—J'ai donc appelé le Dr Hamid. Et il m'a demandé :

“Où est le malade ? Amenez-le en consultation. Dites-lui que je veux le voir.” »

L’Atabrine était toxique et imprévisible, avait expliqué le médecin à Tayib, même prise aux doses recommandées. Il était parfois impossible d’anticiper ses effets secondaires, sauf qu’elle pouvait aggraver les symptômes de la maladie qu’elle était censée guérir. On savait qu’elle pouvait induire une profonde psychose chez certains et en plonger d’autres dans le coma. Il était crucial, avait insisté le Dr Hamid, d’examiner le malade avant de prescrire de l’Atabrine. Mais Tayib savait qu’il était inutile d’aller porter ce genre de message à Wingate.

« Alors je lui ai dit, “Docteur, j’ai dit, je ne peux pas vous amener le commandant Wingate. Il a passé toute l’année dernière en Abyssinie à combattre les Italiens. On raconte qu’il lui est arrivé quelque chose de vraiment moche, là-bas, et qu’il lui manque une case.”

— C’est pas une rumeur.

— “Je lui trouve de l’Atabrine ou je perds mon boulot”, je lui ai dit. Il a eu pitié et il m’a dit d’envoyer quelqu’un chercher la dose pour une semaine. “La prochaine fois, il m’a dit, souvenez-vous que je suis médecin, pas pharmacien.” »

Près de l’escalier, Wingate s’appuyait au mur, tremblant, en attendant l’ascenseur.

« Tu savais qu’en Abyssinie, ton commandant était colonel ? demanda Ahmed.

— Non !

— Que je divorce si je mens ! Et qu'est-ce qui s'est passé quand les Italiens se sont rendus ? Qu'est-ce qui s'est passé quand la guerre a été terminée en Abyssinie ? Il a reçu l'ordre de ses supérieurs de revenir immédiatement au quartier général du Caire. Pourquoi ? Personne le sait. Mais la première chose qu'on lui a annoncée quand il est arrivé au quartier général, c'était qu'il était dorénavant commandant. Rétrogradé. Je ne sais pas quel crime il a commis en Abyssinie, mais j'ai entendu dire qu'il risque même la cour martiale. Son air hagard et défait, c'est pas seulement la malaria. Il a un nuage au-dessus de la tête. Moi, en tout cas, j'ai aucune compassion. C'est le client le plus impoli et le plus grossier que j'aie jamais vu depuis le temps que je travaille ici. Tu l'as vu le jour où il est arrivé ? Il mâchait un oignon. Un oignon, Tayib. Attention ! j'ai pas dit que j'aimais pas les oignons. Mais un oignon, c'est pas une pomme. Au début, j'ai cru que c'était une pomme qu'il dévorait. Mais c'était pas une pomme, Tayib. Ce type mangeait un oignon cru. Tu crois avoir tout vu, Tayib, et puis tu rencontres un animal comme lui. Ignoble. Ignoble.

— Tu peux joindre ton beau-frère rapidement ?

— Mon beau-frère est un charlatan minable, un menteur, un branleur.

— Sans doute, mais je t'ai pas demandé une description de ton beau-frère.

— C'est un sale avorteur d'arrière-cuisine.

— Ce que je veux savoir, c'est s'il a de l'Atabrine.

— J'irais même pas le voir pour un mal de gorge.

— Je te le demande comme un service, Ahmed. »

L'ascenseur arriva. En y entrant, Wingate rata la marche et se retrouva à genoux.

Tayib décrocha immédiatement le téléphone. « C'est pas d'Atabrine que ce type a besoin. Il en a déjà eu trop. Retourne à ton poste, Ahmed. Ce n'est plus du ressort d'un pourri de faiseur d'anges. J'appelle le service médical de l'armée.

— Pourquoi il est pas allé les voir dès le départ ?

— Si je savais lire dans les pensées, Ahmed, tu crois que je serais coincé derrière ce comptoir ? »

Il demanda au standardiste de lui passer le Royal Army Medical Corps.

Dans l'ascenseur, Wingate s'était relevé, groggy. Il voulut appuyer sur le bouton de son étage, mais c'était comme si ses mains s'insurgeaient chaque fois qu'il leur trouvait une nouvelle tâche à accomplir, aussi simple fût-elle. Elles serraient le mur de plus en plus fort et refusaient de lui obéir. La douleur dans sa tête, juste au-dessus des yeux, était comme une migraine agrémentée d'un coup de pied dans le crâne. Il voyait à peine, et quand il y arrivait, l'effort avait été si épuisant, si pénible, qu'il fermait les yeux et priait pour s'évanouir. Même les yeux fermés, il distinguait les lustres en cristal et leurs ampoules électriques au plafond du hall. Ils scintillaient, innombrables étoiles dangereusement acérées qui d'une minute à l'autre allaient s'effondrer et l'écraser dans l'ascenseur. Il était trempé de sueur. Son cœur battait furieusement, son uniforme lui collait à la peau.

« Je suis Tim, Tim Mitchell », dit une voix comme un écho lointain à l'autre bout d'un tunnel.

D'un œil mi-clos, il vit des ombres qui s'agglo-méraient au-dessus de lui. La voix et l'ombre dense se transformèrent en un visage bien rasé fendu de rangées de dents blanches et sèches entre des lèvres spongieuses arborant un sourire empressé. « Je n'ai pas eu l'honneur de vous rencontrer, commandant Wingate. Je voulais juste vous dire que j'ai entendu parler de votre campagne en Éthiopie. En fait, j'ai lu tous vos rapports et je pense...

— Pas maintenant, dit Wingate. Il faut que j'aille dans ma chambre.

— Bien sûr, dit le colonel en pressant le bouton du cinquième étage. Ma chambre est juste à côté de la vôtre. Je l'ai mentionné dans une lettre que j'ai adressée à Gwen, ce matin. J'espère que ça ne vous ennuie pas. Je lui ai dit que j'avais l'honneur de vivre près de Wingate l'Éthiopien. »

Wingate ne lui demanda pas qui était cette Gwen, mais Mitchell le lui expliqua quand même. « Gwen, annonça-t-il en sortant une photo de son portefeuille, est ma chère promise. Nous nous sommes fiancés à

Plymouth il y a deux semaines, juste avant que je fasse voile vers l'Égypte.

— Colonel, dit Wingate d'une voix faible, qu'est-ce qui vous fait croire que je m'intéresse le moins du monde à votre vie privée ?

— Vous êtes grossier, Wingate. »

Mais ça lui ferma le clapet, et Wingate n'avait pas d'autre souhait. Tandis que l'ascenseur pneumatique montait lentement au cinquième étage, Wingate perdit conscience quelques secondes. Le jeune colonel ne parut même pas le remarquer. La réputation de Wingate, forgée par une interminable série de mythes extravagants et d'exploits réels mais difficiles à croire, l'avait précédé et, aux yeux de Mitchell, son comportement ne pouvait que confirmer sa légendaire excentricité.

Quand ils arrivèrent au cinquième étage, Mitchell sortit de son silence. « Commandant, demanda-t-il, comment vous est venu le nom "Force Gideon" ?

— Colonel, répondit Wingate avant de sortir de la cabine, comment vous est venu un cerveau aussi creux ?

— Êtes-vous toujours aussi odieux ?

— Seulement envers les espions flagorneurs du quartier général. »

Le monde commençait à tourbillonner follement. Il tenta d'échapper au colonel, de gagner sa chambre aussi vite que possible. Mais il ne voyait rien, il arrivait à peine à tenir debout, et encore moins à marcher. Dans le couloir, il se colla au mur, s'y accrocha et glissa vers la porte de sa chambre.

Au début Mitchell le regarda avec une irritation mêlée d'amusement, puis avec inquiétude.

« Quelque chose ne va pas, Wingate ?

— Vous n'avez jamais vu un type souffrant de malaria ? »

Le colonel saisit Wingate par les épaules et l'obligea à se retourner. « Votre chambre est par là, dit-il en l'entraînant dans la bonne direction. Vous avez consulté un médecin ?

— Oui », répondit-il en cherchant nerveusement sa clé.

Mitchell l'aida à l'insérer dans la serrure. « Puis-je entrer dans votre chambre un moment ?

— Non, vous ne pouvez pas. Pourquoi ?

— Je voulais utiliser votre téléphone pour appeler un médecin.

— Je viens de vous dire que j'en ai déjà vu un. J'irai mieux dès que je me serai reposé.

— Écoutez, Wingate. C'est un ordre : je veux que vous laissiez votre porte déverrouillée.

— Pourquoi ?

— Pour que je puisse venir de temps en temps vérifier que tout va bien.

— En quoi ma santé est-elle si importante pour vous, colonel ?

— Vous êtes pâle comme la mort. Je veux m'assurer que vous allez bien. Ensuite, je vous ferai arrêter pour injure envers un officier supérieur. »

Wingate lui claqua la porte au nez. Il allait tourner la clé dans la serrure quand Mitchell poussa la porte et passa la tête dans l'embrasure. « Vous êtes complètement paranoïaque, Wingate. Je ne suis pas un espion et je n'appartiens pas au quartier général.

— Merci, colonel.

— De rien, commandant. Vous ne voulez vraiment pas que j'appelle un médecin ?

— Je vous assure, colonel, que je n'ai pas besoin de consulter un médecin.

— Très bien. Souvenez-vous que je suis juste à côté. Vous n'avez qu'à taper au mur et je serai là en un clin d'œil. »

Wingate ferma la porte. Il resta derrière jusqu'à ce qu'il entende s'éloigner les pas de Mitchell. Il l'écouta ouvrir la porte de la chambre voisine.

Puis, un pas après l'autre, le long du mur, il se traîna péniblement jusqu'au lit, à l'autre bout de la pièce. Il s'effondra, s'enroula dans les draps et gémit, le corps transpercé de douleur.

Après s'être agité et retourné pendant plusieurs minutes, il s'extirpa de ses draps et tendit la main vers la table de nuit, où il prit l'unique dossier qui s'y trouvait. Il tourna les pages. C'était un rapport qu'il avait écrit pour le quartier général sur la conduite de la campagne éthiopienne ; un document écrit dans la colère et la précipitation, teinté par le souvenir d'épreuves réelles et imaginaires autant que par la fièvre qui s'était déjà emparée de lui quand il avait commencé à le rédiger.

Dans cette guerre, le cynisme causera notre défaite, mais il prévaut au sein de nos conseils. La droiture élève une nation.

Il prit un stylo et commença à biffer la dernière phrase. Puis il se ravisa et décida de la conserver.

Il plongea la main dans son sac à dos et en sortit un thermomètre. Il se le ficha dans la bouche et alla se planter devant le miroir de la salle de bains.

Vous êtes pâle comme la mort, avait dit ce colonel agaçant. Il avait raison.

Il retira le thermomètre : ce matin, il oscillait entre 37°8 et 39° ; puis, avant qu'il prenne la décision idiote, sous le coup de l'énervement, d'aller se promener en plein midi dans la chaleur brutale qui l'avait mis dans ce piteux état, les deux derniers comprimés d'Atabrine avaient fait baisser sa température. Maintenant, elle était montée à 40°.

Atabrine, se dit-il. Il faut que je trouve de l'Atabrine.

Il retourna dans sa chambre, décrocha le téléphone et demanda qu'on lui passe Tayib, à la réception.

« Alors, ça vient ? demanda Wingate quand Tayib répondit.

— Très bientôt, commandant, dit le concierge d'un ton évasif.

— Quand ça bientôt, Tayib ?

— Dans... dans moins d'une heure, monsieur. »

Quelque chose dans la voix de Tayib éveilla les soupçons de Wingate. Il fixa longuement le thermomètre sans rien dire.

« Vous êtes toujours là, commandant Wingate ?

— Oui, Tayib, je suis là. Je réfléchissais, dit-il avant de repartir dans ses pensées. En fait, je t'appelais pour te dire que je n'ai plus besoin d'Atabrine. Il en reste du lot que tu m'as fourni hier. J'avais juste égaré le flacon. Je viens de le retrouver, sous le lit. Merci, Tayib. Merci pour tout. Grâce à toi, le Continental a été à la hauteur de sa réputation de véritable oasis. Au revoir et Dieu te bénisse.

— Vous quittez l'hôtel ?

— Non. Qu'est-ce qui te fait croire ça ?

— Je me demandais juste, monsieur... vous avez dit au revoir.

— Je dis toujours au revoir, Tayib. Je suis un soldat. C'est un réflexe de métier. Je vais faire un somme. Veille à ce qu'on ne me dérange pas.

— Bien sûr, monsieur. Reposez-vous bien, monsieur. »

Pendant longtemps après avoir raccroché, Wingate resta assis, immobile, sur le lit. Puis il prit le thermomètre et le remit dans son étui. Il souleva alors son sac à dos, qu'il vida soigneusement de son contenu, y compris du thermomètre qu'il venait d'y placer. Il chercha dans le tas par terre, fouilla dans chaque poche du sac.

Il cherchait son pistolet de service. Mais il l'avait laissé à Addis-Abeba, dans la précipitation du départ.

Il chercha dans chaque recoin de la pièce, sous le lit, sous le matelas, dans les tiroirs et la penderie. Il fouilla partout. Le pistolet, qu'il était convaincu d'avoir vu et nettoyé quelques jours plus tôt, resta introuvable. Il avait entendu parler d'un marché noir florissant où on pouvait se procurer des armes de poing et d'autres armes plus offensives dans la Cité des Morts, un cimetière ancien et gigantesque qu'on appelait aussi le Cimetière des Vivants, car y demeuraient non seulement les Cairotes morts mais des centaines de milliers de démunis qui vivaient là, autour des monuments et dans les chambres funéraires. Il se demanda si une des femmes de ménage avait pu tomber sur le pistolet et le voler afin de compléter le salaire misérable qu'elle recevait pour ce travail éreintant qui lui prenait tant de longues heures. Mais ça n'aurait eu aucun sens de voler un pistolet et de dédaigner les billets de banque qu'il laissait toujours traîner dans sa chambre.

Il décrocha le téléphone. Peut-être Tayib pourrait-il l'aider à élucider ce petit mystère du pistolet disparu. L'opérateur répondit, mais alors qu'il allait lui demander de lui passer la réception, Wingate changea d'avis.

Il raccrochait quand son regard se posa sur un couteau de chasse qu'il avait acheté un an plus tôt sur un marché de Khartoum. Il le croyait perdu, mais il était resté là, où il l'avait jeté le jour où il l'avait acheté : dans son sac à dos, dont le contenu gisait maintenant devant lui, par terre. Il ramassa le couteau et gagna la salle de bains. De son sac de toilette il retira un tube de graisse, en pressa une noisette dans sa paume et en enduisit soigneusement la lanière de cuir accrochée près du miroir. Quand il eut affûté le couteau, il se plaça devant le miroir et leva le menton pour bien voir son cou. Il passa les doigts dans sa barbe comme s'il allait se raser.

Puis, de toute la force qu'il réussit à donner à son bras, il plongea le couteau dans sa gorge. Il trancha chair et tendons. Alors qu'il se massacrait, que le sang jaillissait, il se souvint soudain de la porte. La porte. Il se retourna et, le couteau fermement planté dans sa trachée, une partie de son cerveau commençant à mourir d'asphyxie, il sortit de la salle de bains et alla tourner la clé dans la serrure de la porte.

Satisfait, il retourna dans la salle de bains terminer ce qu'il avait commencé. Debout devant le miroir, il retira le couteau, le passa dans son autre main pour le tenir sous un autre angle et trancha sa jugulaire. Le sang éclaboussa le miroir. Wingate commença à étouffer.

2

« Quand j'entends un type verrouiller sa porte, je n'en pense rien, écrivit le lendemain le colonel Mitchell à sa fiancée. Et si je l'entends tomber, je me dis que c'est son affaire. Mais quand j'entends un type verrouiller sa porte puis tomber... »

Mitchell entendit clairement le choc de la chute dans la chambre voisine et il comprit que quelque chose n'allait pas. Il flottait dans le demi-sommeil typique de la sieste quand cela se produisit. En pyjama, il bondit hors de sa chambre et tambourina à la porte de Wingate. Pas de réponse. Il appela Wingate par son nom – silence total. Craignant d'avoir tout imaginé, il tenta d'ouvrir la porte. Elle était verrouillée. Il fila vers l'ascenseur qui, comme toujours, prit son temps pour monter. Mitchell renonça à l'attendre et dévala l'escalier.

Quand il arriva dans le hall pour signaler l'incident et demander un passe-partout à la réception, il vit arriver deux médecins militaires. Ils venaient du 15e hôpital de l'armée, à l'autre bout de la ville, suite à un appel reçu de l'hôtel Continental une demi-heure plus tôt. Tayib, rougissant et regrettant déjà de les avoir appelés, était en train de téléphoner à Wingate pour le prévenir que des visiteurs montaient le voir, quand il vit Mitchell en pyjama. L'appel de Tayib à l'hôpital de l'armée et l'indiscrétion de Mitchell concoururent à sauver la vie de Wingate.

Quand les médecins, accompagnés de Mitchell, de Tayib et du directeur de l'hôtel, forcèrent la porte de Wingate, ils le trouvèrent inconscient par terre, mourant. Il y avait du sang partout.

Les médecins tentèrent en vain d'arrêter l'hémorragie. Ils l'emportèrent alors à toute vitesse en ambulance, à l'autre bout du Caire, jusqu'à l'hôpital militaire. On l'opéra sur-le-champ. Il fallut lui transfuser près de dix poches de sang.

Peu après la fin de l'opération – réussie, assurèrent les chirurgiens –, une fois les entailles à la gorge bien suturées, les spasmes de la malaria recommencèrent. Inconscient grâce à des anesthésiques puissants, Wingate vomit tout ce que contenait son estomac.

Dix comprimés d'Atabrine, entiers, non digérés, presque aussi neufs qu'au sortir du flacon, apparurent dans la bouillie qui sortit en jet de sa bouche.

La violence des vomissements rouvrit les blessures et réduisit à néant les efforts des chirurgiens et des infirmières. Il fallut tout recommencer. Les effets de l'anesthésie se dissipaient et, vers la fin de la seconde opération, Wingate reprit peu à peu conscience et sentit le picotement des points de suture qu'on lui cousait en travers de la gorge.

Pendant la longue période où il resta à l'hôpital pour se remettre des profondes blessures qu'il s'était infligées, Wingate passa ses nuits et ses jours à penser à l'Éthiopie, à la Force Gideon – la petite armée grâce à laquelle il avait mis définitivement fin au rêve d'empire de Mussolini.

3

Un matin, cinq mois et trois jours exactement après le suicide raté de Wingate au Caire, les Japonais lancèrent un assaut amphibie contre la colonie britannique de Malaisie occidentale, dans le Sud-Est asiatique. Le même jour, quatre-vingt-dix minutes plus tard, une flotte de bombardiers de la Marine impériale japonaise arriva à l'aplomb de l'île hawaïenne d'Oahu et détruisit 188 avions appartenant à la Marine des États-Unis, tuant des milliers de soldats et de civils américains.

Vingt-quatre heures plus tard, le président Franklin Roosevelt signait la déclaration de guerre contre le Japon. Deux mois plus tard, le commandant Wingate, extirpé de son placard où il devait se contenter d'un travail de bureau après sa tentative de suicide due à la fièvre et à l'Atabrine, fut promu général.

La mission du général Wingate était de contribuer à bouter les Japonais hors de Birmanie.

Il créa à cette fin un ensemble de groupes de pénétration entraînés à opérer loin derrière les lignes japonaises.

Il appela ces groupes de réaction rapide les « Chindits ».

I

Hailakandi

1

Un enfer apparut, tourbillonnant au loin vers eux, une colonne bleue de feu rugissant. Le farabiti Ali Banana, à l'arrière d'une troupe progressant lentement en file indienne, se figea brièvement avant de reprendre sa marche en traînant les pieds, poussé par l'homme qui le suivait. Le feu traversa la nuit d'un noir d'encre et éclaira la forêt dense d'arbres couverts de mousse et les innombrables rochers enveloppés de lichens qui se transformaient en grandes collines et s'enfonçaient dans des vallées profondes le long de leur sentier plein de plantes étranges, de bêtes sauvages sans nom et de snipers réels et imaginaires, dont l'apparition imminente les avait convaincus de continuer leur progression depuis qu'ils avaient quitté leur dernier bivouac, juste avant l'aube, suivis par des chiens errants et, jusqu'à maintenant, bien après le crépuscule, alors que leurs épaules s'étaient voûtées, écrasées sous le poids insupportable du paquetage que chaque homme portait sur son dos.

A la vue du mur de flammes qui fonçait vers eux en soufflant, le farabiti Banana décida de s'enfuir pour sauver sa peau. Il considéra que ce n'était ni son rôle ni son devoir de demander à l'homme devant lui ou à l'officier derrière lui pourquoi tout le monde sauf lui se comportait comme si ces flammes, qui venaient les dévorer, n'étaient pas là. Il ne comprenait pas pourquoi ils les ignoraient tous et continuaient à traîner les savates sans paraître les remarquer, apparemment absorbés par le simple effort de volonté nécessaire pour mettre un pied devant l'autre. Même les mules, pas aussi malignes que certains hommes qu'il avait rencontrés mais plus que bien d'autres, ne semblaient pas inquiètes.

L'impulsion de fuir disparut presque à l'instant où elle traversa l'esprit du farabiti Banana. Il comprit que si le samanja Damisa, le kaptin Gillafsie et tous les autres avaient l'air calmes, s'ils ne montraient aucune émotion, c'était qu'ils se savaient piégés. Ils savaient, même les mules savaient, et lui aussi aurait dû savoir, qu'ils ne pouvaient fuir. Ils progressaient à flanc de colline dans une végétation sauvage sur des kilomètres, et seule une forêt verte dissimulait un précipice qui enverrait hommes et mules plonger sur les rochers du *chaung*, un torrent à deux mille mètres en contrebas.

Le farabiti Banana se souvint des paroles de l'homme qu'ils appelaient le Janar.

« Dans le calme et la confiance, vous trouverez votre force, leur avait-il dit. L'ennemi fondra sur vous avec toute sa puissance. Il a une mission en Birmanie, une seule mission : il est là pour vous tuer. Il est là pour vous tuer au nom de son empereur. Il est là pour vous tuer au nom du général Tojo. Il est là pour vous tuer au nom du Nippon. Il est là pour vous tuer et il est prêt à mourir, s'il le faut. Dans ses tranchées, chaque soir et chaque matin, ses officiers lui disent que s'il a les mains brisées, il doit vous combattre avec les pieds. Ses officiers lui disent que s'il a les mains et les pieds brisés, il doit vous combattre avec les dents. Ses officiers lui disent que s'il est fait prisonnier quand il est inconscient, il doit au réveil avaler sa langue et s'étouffer à mort. Ses officiers lui disent que s'il n'a plus un souffle de vie dans son corps, il doit vous combattre avec son esprit. Telle est la mesure de l'ennemi. Notre mission en Birmanie est de nous insérer dans ses tripes. Notre victoire est déjà à moitié remportée, grâce à notre entraînement et à notre obstination. Dorénavant, nous devons mettre nos enseignements en action et montrer que nous pouvons battre le Japonais où qu'il soit. Il n'y aura pas de repos, pas de permissions, pas de retour chez vous avant que la bataille soit victorieuse.

« Bonne chance et à la grâce de Dieu, dit le Janar.

Dans le calme et la confiance, vous trouverez votre force. »

Le farabiti Banana se souvint de ces derniers mots du discours du Janar et se demanda si ces mêmes mots couraient dans l'esprit du samanja, qui marchait en silence devant lui. Tous les autres avaient-ils les mêmes pensées ? Croyaient-ils que marcher avec calme et confiance dans ces flammes furieuses leur assurerait l'estime du Janar s'ils le retrouvaient dans l'au-delà ?

Le farabiti Banana s'essuya le visage du revers de la main et se rendit compte qu'il tremblait. Il avait la tête lourde et un goût de bile dans la bouche. La peur ne lui était pas étrangère mais, sur ce sentier de montagne, au plus profond de la jungle birmane, en cette malheureuse nuit, cinq ans après le début de la Seconde Guerre mondiale, très loin du hameau qui était son chez-lui, un village appelé Saminaka, dans le Nord du Nigeria, où il était né il n'y avait pas si longtemps, Ali Banana sut qu'il était sur le point de mourir et une immense terreur envahit son esprit.

2

Il fixa le dos de Damisa et pria pour que le samanja l'honore d'un regard. Le samanja Damisa était un homme grand, à la poitrine puissante surmontée d'une tête si petite qu'elle était incongrue, sortant d'un cou large et solide comme le tronc d'un kuka. Il avait le visage balafré d'une horrible cicatrice qui allait de l'oreille gauche à la bouche. Les gens le regardaient deux fois – la première avec stupéfaction, la seconde avec une stupéfaction plus grande encore quand ils se rendaient compte qu'il n'avait pas d'oreille gauche.

L'oreille manquante gisait quelque part dans la ville africaine d'Addis-Abeba, racornie et probablement redevenue poussière.

Trois ans plus tôt, un Chemise noire italien, membre de la force expéditionnaire de 400 000 soldats envoyée en Abyssinie par « Il Duce » Benito Mussolini, s'était retrouvé, avec douze de ses camarades *fascisti*, pris dans une embuscade que leur avait tendue un groupe mystérieux, la Force Gideon, une armée de guérilla de plus en plus redoutable, composée d'Africains et menée, les Italiens le savaient, par un colonel non conformiste de l'armée britannique du nom de Orde Charles Wingate ; son mode de transport préféré était le chameau et on l'avait vu porter au poignet un réveil qui sonnait à certains moments choisis de la journée pour lui rappeler des choses à faire. Durant l'embuscade, le Chemise noire s'était retrouvé dans un combat au corps à corps avec le lancier kofur Abdulazeez Damisa, de la 23ᵉ brigade du Nigeria, un terrifiant géant au visage scarifié. Le soldat fasciste, troublé par les marques tribales de Damisa, lui coupa l'oreille en essayant – tentative vaine mais inspirée – de lui trancher la gorge avec la baïonnette fichée au canon de son fusil d'assaut Caraco M38. Le Chemise noire rejoignit son créateur quand sa tête fut détachée de son corps. Le lancier Damisa chercha en vain son oreille manquante et fut fait « samanja ». Par la suite, quand la Force Gideon réussit à bouter les armées du Duce hors d'Abyssinie, Damisa fut immortalisé sur une photo en train de serrer la main de l'empereur Hailé Sélassié, son visage sculpté par les batailles rayonnant d'un bonheur sans bornes.

Le samanja Damisa était le héros d'Ali Banana. Il avait douze ans de plus que lui et il avait connu plus de lieux et fait plus de choses que tous les hommes que Banana avait jamais rencontrés. Il savait dire bonjour et salut et quel adorable *panga* en swahili, beaucoup de jurons en italien, tu es très jolie en tigrigna et en amharique et presque tout ce qu'il avait envie de dire en anglais, en français de garnison, en yoruba des marchés et en fulani des villes. Sa langue maternelle était le hausa, comme Ali Banana.

C'était en hausa qu'il expliquait beaucoup de choses, fréquemment et avec patience, au farabiti Banana, dont l'anglais était « petit-petit » mais qui plongea à terre plus vite que tous les autres la première fois qu'il entendit crier « Planquez-vous ! ». Cela se produisit pendant une séance d'entraînement en Inde, sur une base proche du district nord-est de Hailakandi, le lendemain du jour où Ali Banana fut envoyé du quartier général d'Afrique de l'Ouest à Chiringa pour rejoindre le 12e bataillon du régiment du Nigeria.

3

Avant de rejoindre le 12e bataillon du régiment du Nigeria, Banana avait passé une semaine dans un hôpital militaire de Bombay, laissé là par son propre bataillon, le 5e RN, pour se remettre d'une varicelle importune. Quand il fut débarrassé des vésicules anodines mais disgracieuses et déclaré apte à rejoindre son bataillon, ses compagnons étaient déjà en Birmanie, où ils avaient tiré de colère le premier d'une longue série de coups de feu. Il fallut sacrifier un peloton entier pour mettre une compagnie japonaise en déroute. Ils survécurent aussi à une embuscade où ils perdirent cinq mules, eurent deux blessés graves et un éléphant qui chargea dans la jungle, son cornac sur le dos.

Banana quitta Bombay et gagna en train Chiringa, une ville du Bengale indien où s'étaient installés la base des Africains de l'Ouest et le quartier général de l'Arrière. A Chiringa, on lui dit que le 5e bataillon l'enverrait chercher, quand on arriverait à faire coïncider le moment, la logistique complexe du déploiement des troupes et le problème épineux des places à bord des Dakotas C-47, afin de le remettre au sein de son unité. En d'autres termes, on se débrouillait très bien sans lui, merci beaucoup.

Banana attendit à la base un mois entier sans qu'on lui dise rien. Il rendait visite chaque jour au bureau du personnel – ponctuel, suppliant, râlant – et haranguait les sous-officiers qu'il trouvait là.

L'air crâne, il informa les sous-offs qu'il n'avait pas voyagé de Kaduna à Lagos, de Lagos à Preetown, de Preetown à Darban et jusqu'en Inde simplement pour retourner au Nigeria et raconter comment il avait vaincu la varicelle.

« Moi ici pour batt en Bimani, déclara Banana. Moi ici pour tuer di Janpani. »

Mais il restait là, gavé de curry matin, midi et soir. Jamais il n'avait vu autant de nourriture de toute sa vie. Un matin, il arriva au bureau du personnel, fonça droit sur le sous-officier hausa de service, lui adressa un salut bref mais impeccable dans son exécution puis se mit à lui reprocher tout ce qui avait mal tourné pour lui depuis son arrivée en Inde. Les sous-offs de Gambie et de Sierra Leone qui assistaient à l'échange demandèrent à leur collègue nigérian ce que disait le farabiti Banana, dont la diatribe éloquente et passionnée se faisait en hausa, et pourquoi le cipaye ne cessait-il de se donner des claques sur le ventre ?

Le sous-off nigérian, un homme posé qui avait été instituteur à Jos, leur expliqua la situation.

« Le soldat Banana, leur dit-il, me rend responsable de sa transformation en glouton.

— Est-ce qu'il s'appelle vraiment Banana ? s'enquit l'homme de la Côte d'Or.

— Je le crains. Il s'appelle Ayaba, ce qui, en hausa, veut dire "banane". Le soldat Banana dit que c'est ma faute s'il prend du ventre. Chaque fois qu'il vient ici et demande à rejoindre son bataillon, dit-il, je l'éconduis en l'envoyant à la cantine. Il veut aller en Birmanie. Il va faire une grève de la faim si on ne se débrouille pas pour lui faire rejoindre son bataillon en Birmanie. »

L'affaire était grave.

« Et pourquoi il ne peut pas le rejoindre, son bataillon ? demanda le sous-officier gambien.

— Il n'y a aucune raison à cela, soupira le Nigérian, mais son peloton ne veut pas de lui. Ils sont convaincus qu'il va leur transmettre la varicelle. J'ai tenté de leur expliquer qu'il est complètement guéri, qu'il n'est plus contagieux, qu'il ne peut infecter personne. Je leur ai envoyé le rapport de la commission médicale, mais ils ne veulent rien savoir. Ignorance. Ignorance et superstition. Vous connaissez notre peuple...

— Est-ce que tu l'as expliqué au cipaye Banana ?

— Je lui ai expliqué... commença le sous-officier nigérian avant de tousser pour s'éclaircir la gorge, j'ai expliqué au cipaye Banana que son peloton... attend son retour avec impatience.

— En d'autres termes, tu lui as menti, conclut celui de la Sierra Leone.

— Les gars de son groupe viennent tous du même village, expliqua le samanja nigérian. Ils trouvent que c'est un garçon formidable, mais ils sont terrifiés à l'idée d'attraper la varicelle. Leur commandant considère que le moral des troupes prime sur tout le reste. C'est pourquoi il m'a promis personnellement de me faire perdre mes galons si notre jeune ami joufflu ici présent retrouvait comme par magie son chemin jusqu'au 5e RN. Ce que le lieutenant ne m'a pas précisé, c'est ce que je vais bien pouvoir faire de ce petit emmerdeur ventripotent.

— Et le cipaye Banana est décidé à participer à l'action ?

— Il irait jusqu'en enfer !

— Vous avez là un vrai fantassin, constata le sous-officier de la Sierra Leone en posant un regard tendre sur le farabiti Banana. Vous savez ce qu'on dit : "Le seul moyen de sortir de l'infanterie, c'est sur un brancard ou six pieds sous terre." On a là un garçon qui prend ça à cœur. »

Le Gambien passa sa main dans ses cheveux prématurément clairsemés.

« Je crois que j'ai exactement la solution qu'il nous faut, dit-il. Envoyons-le à Hailakandi.

— Hailakandi ? répéta l'autre sans que ce soit vraiment une question. Tu veux dire, l'envoyer aux Chindits ?

— Pourquoi pas ? dit le Gambien.

— Mais les Chindits, sergent, les Chindits !

— Et alors, havildar ? s'enquit le Gambien en usant du terme indien pour "sergent".

— Havildar, est-ce que tu imagines ce beau spécimen de soldat, avec un ventre de la taille d'une conga, marchant un millier de kilomètres à travers la Birmanie ? C'est la distance qu'ont parcourue tous les hommes de la dernière expédition chindit, et à pied, et chacun chargé d'un paquetage de trente-cinq kilos !

— Je n'en sais rien, dit le Gambien. Une chose est sûre : le 12e RN de Hailakandi est en pleine crise, parce qu'il lui faut un homme de plus pour le peloton de transport d'animaux. Qu'est-ce que ton gars sait des mules ? »

Le sous-officier nigérian demanda au farabiti Banana ce qu'il savait des mules.

« Le cipaye ne sait rien des mules. Mais... s'interrompit-il pour écouter Ali Banana dont les yeux s'étaient éclairés en entendant la question, il a rêvé un jour de posséder un cheval. Il a économisé de nombreuses années, sauf qu'une crapule lui a vendu un âne sous quelque faux prétexte et a disparu avec son argent. Il a soumis l'affaire au chef du village, mais il aurait dû savoir que c'était peine perdue : le chef et la crapule étaient parents par alliance.

— Qu'est-ce qu'il a dit sur l'assistante du chef? demanda le Gambien qui avait appris quelques mots de hausa d'un commerçant nigérian à Banjul. Il a dit *dan kilaki.*

— *Dan kilaki* veut dire fils-d'une-assistante, expliqua le Nigérian. C'est une insulte hausa. Ça veut dire fils-d'une-femme-qui-vend-son-corps-pour-de-l'argent.

— Les assistantes nigérianes sont des prostituées? s'étonna celui de la Sierra Leone.

— C'est une insulte, répéta le Nigérian avec condescendance.

— Qu'est-ce que le cipaye a fait de son âne? intervint le Gambien, qui voulait éviter une querelle.

— Il lui a mis une selle et une bride et l'a monté comme un cheval, répondit le Nigérian. L'animal l'a bien servi et, avec le temps, Ali s'est rendu compte que Dieu avait utilisé la crapule pour lui donner un serviteur loyal. Malheureusement, l'âne a été volé par des maraudeurs, une bande de...

— *Kafirai tsirara a kan kafirin dokuna*, déclara le farabiti Banana en chassant une mouche de son nez.

— "Des infidèles tout nus sur des chevaux exceptionnellement rapides", traduisit mot à mot le sous-off nigérian. Ils venaient d'un village voisin. On peut se demander, dit-il, pourquoi diable une bande d'infidèles aussi nus que leurs chevaux sauvages avaient besoin d'un pauvre âne. Eh bien, il dit qu'ils ont mangé l'âne, voilà ce qu'ils en ont fait. Ils l'ont transformé en vrai festin, ces goujats sans Dieu. »

Sur ce, Banana s'enfonça dans un silence découragé. Mais pas pour longtemps.

« Pourquoi le samanja Mackaley interroge le farabiti Banana sur les mules, sergent chef? s'enquit-il à sa manière un peu déconcertante de parler soudain de lui à la troisième personne.

— Je ne cesse de te rappeler, soldat, que je suis sergent, pas sergent chef, corrigea le samanja Mackaley.

— Par la grâce du saint Prophète Muhammad – qu'il soit béni et que Dieu pose son regard sur lui –, un samanja est un samanja », déclara impérieusement Banana d'un ton qui indiquait qu'il ne voyait pas pourquoi discuter de cette affaire plus avant.

Le samanja Mackaley secoua la tête, très étonné, et se tourna vers les autres samanjas portant trois chevrons.

« Le 12e RN a perdu un soigneur de mules à cause d'une morsure de cobra la semaine dernière, dit-il. Je suggère que nous envoyions le soldat Banana pour le remplacer.

— Des mules? s'étrangla Ali comme s'il avait été piqué par une fourmi voyageuse. Savez-vous qui je suis? Je suis le fils de Dawa, roi des sourciers dont le nez béni pouvait sentir l'eau à Sokoto alors qu'il se trouvait à Saminaka. Je suis le fils de Hauwa, dont la mère était Talatu, dont la mère était Fatimatu, reine du gâteau moelleux kulikuli, dont le souvenir fait encore saliver les vieillards jusqu'à ce jour. Notre peuple dit que la distance est une maladie ; seul le voyage peut la guérir. Croyez-vous qu'Ali Banana, fils de Dawa, arrière-petit-fils de Fatima, a traversé la grande mer et voyagé aussi loin, le fusil à l'épaule, pour veiller sur des mules ? »

4

Trois jours plus tard, le farabiti Banana, en pousse-pousse, en train et en camion, sans jamais cesser de bouder, arriva à Hailakandi. Il marcha droit sur le premier officier qu'il vit et se lança dans un discours.

« Kaptin monsieur, commença Banana. Est-ce que je peux vous poser cette question : est-ce que quoi que ce soit dans mon allure me signale comme un conducteur de bestiaux ? Est-ce qu'Ali Banana vous fait l'impression d'un muletier ? Je vous pose ces questions, kaptin monsieur, parce que vos hommes à Chiringa m'ont dit que mes talents de tireur, pour lesquels j'ai été invité en cette terre par votre grand maître Lehoua Joj en personne, ne sont plus requis. Je dois dorénavant passer mes jours à soigner une mule. Demandez à qui vous voulez, kaptin monsieur, je ne suis pas méchant. Je ne suis pas du genre à dire : "Faites-moi rôtir du manioc et vous pourrez garder la peau.” Mais, kaptin monsieur, si vous me retirez mon arme et que vous me confiez votre mule, aussi vrai que Dieu est Dieu et le Prophète est Son prophète, cette mule souffrira. Elle souffrira, kaptin. Elle souffrira tant que le jour du Jugement, quand elle entendra que moi, Ali Banana, j’ai été admis aux cieux – “Pas si j’y suis aussi”, voilà ce que la mule déclarera. Je ne dis rien maintenant que je n’aie déjà dit avant. Vos hommes à Chiringa se sont moqués de moi et m’ont envoyé bien vite en ce lieu. Mais leurs rires ne m’ont pas gêné. Quand ils ont ri de moi, j’étais comme le pot dans le conte du scorpion et du pot : “C’est un monde sans pitié”, a dit le scorpion en essayant de piquer le pot. D’un autre côté, je rends hommage au scorpion car, à ce qu’on raconte, celui qui méprise ce qui est petit n’a jamais marché sur un scorpion. On me rejette parce que je suis petit ? Ce n’est sûrement pas parce que je ne parle pas votre langue. J’ai tenté de l’apprendre, Votre Éminence, Dieu m’en est témoin. Mais chaque fois que je vais de *a* à *z*, je me perds quelque part entre *β* et *δ* et j’ai si mal à la tête que je dois m’allonger pour me remettre. Puissiez-vous vivre longtemps, kaptin monsieur. »

Les yeux ensommeillés du capitaine restèrent posés un long moment sur le farabiti Banana, quand il eut fini de parler. Le capitaine avait l’air irrité ou amusé – Banana n’aurait su le dire. Le capitaine tourna sur ses talons et appela un homme grand et fort à qui il manquait une oreille et qui était occupé à nettoyer un fusil devant une des hampes dispersées dans toute la base et qui oscillaient dans le vent comme des épis de blé. Le samanja à une oreille posa soigneusement l'arme par terre et essuya la sueur de son visage avec un mouchoir orange. Il s'avança vers eux, traversant une foule d'officiers britanniques, birmans, népalais et nigérians, évitant les hommes qui couraient en tous sens, les mules et les poneys qui erraient dans la base, enveloppés de l'atmosphère poussiéreuse et imprégnée de sueur à laquelle on reconnaît la tension retombée.

« Sergent, est-ce qu'on a réclamé qu'on nous envoie un muletier de Chiringa ? » demanda, dans un hausa impeccable, le capitaine au samanja.

Le samanja se tenait droit, dominant de sa haute taille tant le capitaine que le farabiti Banana, rendu muet sous le choc d'avoir entendu le capitaine parler hausa.

« Pas que je sache, monsieur, dit le samanja.

— Soldat Banana, dit le capitaine, est-ce un accent zazzau que je décèle ? Serais-tu de Zaria ? »

Banana sauta en l'air de ravissement et sa langue, enfin déliée, déversa des mots sans fin. « Comment le kaptin l'a-t-il su ? Je suis né à Saminaka. Mais quand j'ai eu sept ans, mon père m'a envoyé à Zaria pour apprendre le métier de forgeron. Mon maître était un homme dur. »

Il déboutonna sa chemise kaki et montra des boursouflures en dents de scie imprimées dans son dos par le fouet de son maître.

« Mais c'était chez moi jusqu'à il y a six mois, quand mes deux meilleurs amis, Yusufu et Iddrisi, dont le maître Suleiman le penseur était une pestilence plus grande encore que le mien, sont venus me voir un soir où j'étais assis sous un *kuka* derrière le terrain d'Hamza, le fils d'Abu le boucher, qui est lui-même boucher, comme l'étaient son grand-père et son père avant lui. J'étais assis sous ce baobab juste derrière le terrain d'Hamza, profitant de la brise et louant Dieu d'avoir créé des étoiles d'une telle beauté afin de soulager la misère de mon existence, car chaque soir, juste avant l'appel à la prière, mon dos goûtait de la lanière de mon maître. “Ali, m'ont demandé Yusufu et Iddrisi, est-ce que tu as entendu l'histoire du jour ?” Eh bien, il se trouvait que je venais de quitter la place du village où Gizo-gizo, le bossu albinos, avait narré un de ses délicieux contes du soir. Pensant que leur maître leur avait fait rater Gizo-gizo pour les punir de quelque vétille, car la mesquinerie de cet homme n'avait pour rivale que celle de mon maître, j'ai fait pour eux ce qu'ils auraient fait pour moi si j'avais raté le conte de l'albinos : j'ai croisé les pieds, j'ai cassé une noix de kola que j'ai partagée avec eux, louant le nom de Dieu, le Miséricordieux, le Bienfaisant, et j'ai entrepris de leur rapporter le conte du soir tel que je m'en souvenais.

« Pour commencer l'histoire, j'ai dit : "Au nom de Dieu, le Compassionné, le Miséricordieux", et "Que la paix de Dieu soit sur lui, après qui il n'y a pas de prophète." Puis j'ai raconté : "Un jour, une femme marchait avec son fils quand un oiseau volant au-dessus d'eux lâcha une fiente sur la tête de la femme. Mère et enfant continuèrent leur chemin jusqu'à ce qu'ils arrivent au milieu d'un troupeau de vaches où l'enfant vit les bouses épaisses sur l'herbe. 'Mère, dit l'enfant, n'est-ce pas une bonne chose que Dieu n'ait pas placé les vaches dans le ciel ?' C'est tout, ai-je dit. Qu'on coupe la tête du rat !"

« Mais quand j'ai eu fini de leur raconter l'histoire, au lieu de me remercier ou de sourire pour saluer mon effort, ils ont secoué la tête. "Idiot ! ont-ils dit, ce n'est pas l'histoire du jour." Je dus bien l'admettre, le bossu savait beaucoup mieux raconter les histoires que moi. Mais qui au monde sait raconter des histoires aussi bien que Gizo-gizo, le bossu albinos à la voix de miel ? "Idiot, ont-ils dit encore, oublie Gizo-gizo. L'histoire du jour, c'est que Lehoua Joj, monaque d'Angleté, fait la guerre dans un pays appelé Bimani et qu'il a besoin de notre aide. Il veut que tous les hommes en bonne santé aillent à Kaduna rejoindre sa troupe de guerriers." Eh bien, à dire vrai, j'ai été très surpris de la requête de Lehoua Joj, et jusqu'à ce soir-là, jamais je n'avais entendu parler de ce pays appelé Bimani. Yusufu et Iddrisi non plus, mais ils avaient déjà décidé de répondre à l'appel de Lehoua et d'aller à Kaduna. Tout ce qu'ils voulaient savoir avant de partir, c'était si je voulais venir avec eux. Mon récit est long, mais je vais tenter de faire court. Le soir même, Yusufu, Iddrisi et moi, on est partis à pied, aussi droit qu'un vol d'oiseau, en direction de Kaduna. »

Mais il n'avait pas terminé. Il leur dit ensuite tout ce qui lui était advenu depuis son arrivée en Inde, six semaines plus tôt, avec Yusufu, Iddrisi et tous les autres jeunes gens de Zaria qui s'étaient précipités pour répondre à l'appel de Lehoua Joj dès qu'ils avaient vu Ali et ses deux amis, en permission quelques semaines après s'être enrôlés dans l'armée, paradant dans leurs beaux uniformes : chemise vert sable avec des boutons noirs en forme de palmiers, « long-shorts » qui s'arrêtaient juste sous les genoux, et le fez vert duveteux avec son pompon. Aux pieds, les hommes s'étaient vus affublés de brodequins spécialement – et hâtivement, marmonnaient certains officiers – conçus dans le « style tropical », larges, arrondis sur les côtés, un peu de la forme d'un bateau. De fait, quand Ali et ses amis s'engagèrent fièrement dans les rues de Kaduna avec ces brodequins, on aurait dit qu'ils portaient aux pieds une flottille qui pourrait naviguer s'ils entraient dans la Kaduna et que le vent était assez fort.

Ali, dont les petits pieds n'avaient jamais connu de chaussures auparavant, les portait avec grande fierté.

Son rituel du matin consistait en prière de l'aube, exercice, petit déjeuner et lustrage de chaussures. Il prenait les brodequins l'un après l'autre, en essuyait la douce couche de poussière avec un chiffon humide, déposait une goutte ou deux d'huile d'arachide sur une boule de coton et frottait le brodequin jusqu'à ce qu'il luise comme le miroir dans le mess des officiers. Il était si fier de ses chaussures, et si impatient de les montrer, qu'il ne tarda pas à concevoir un meilleur moyen de les présenter à son public : au lieu de les porter aux pieds – surtout, à vrai dire, parce qu'il trouvait beaucoup plus confortable de marcher pieds nus –, il prit l'habitude de les suspendre par leurs lacets autour de son cou. Ce fut tellement apprécié par les spectateurs que bientôt, non sans quelque réprobation attristée de la part des officiers britanniques, il fit école parmi les hommes, qui se mirent à porter leurs chaussures non pas aux pieds mais autour du cou. Dans certains quartiers de Kaduna, cette année-là, une ville où tout le monde connaissait quelqu'un qui avait été tout spécialement invité en Bimani par Lehoua Joj pour apprendre aux Janpani ce qu'était la vie, aucun jeune homme de bien digne de ce nom ne montait sur sa bicyclette Raleigh le soir sans qu'on voie son collier de caserne, comme on l'appela bientôt, luire à son cou.

5

« Où a-t-il appris à si bien parler hausa ? demanda Banana à Damisa, plus tard ce même soir, pendant qu'il étendait sa natte de bambou dans le coin de la *basha* que le samanja lui avait assigné.

— Qui ?

— Le kaptin Gillafsie.

— Au pays hausa. »

Il remarqua une natte dans un autre coin de la tente. « C'est la natte de qui ?

— Pash.

— Il n'est pas là.

— Bien observé.

— Où est-il ?

— De garde.

— Il a dû y rester longtemps.

— De quoi tu parles ? demanda le samanja, qui tentait de dormir.

— Le kaptin Gillafsie. Pour avoir si bien appris le hausa.

— Assez longtemps.

— Il ne parle pas comme un Blanc.

— Ah non ?

— Non. Il parle comme nous.

— Peut-être parce qu'il est né à Kano.

— Ah bon ! Ça explique tout, non ?

— C'est pour ça qu'il ne t'a pas renvoyé tout droit à Chiringa, où tu aurais sans doute été plus utile qu'ici. Le kaptin Gillafsie a un seul gros défaut : il a trop bon cœur.

— Comment est-ce que ça peut être un défaut, samanja ?

— Eh bien, pour commencer, rien ne l'obligeait à supporter ton bavardage ininterrompu alors qu'il tentait d'aller voler quelques minutes de sommeil avant le rassemblement.

— Quel rassemblement ?

— On t'a fait venir de Zaria pour te battre au nom de Lehoua Joj et tu ne sais même pas ce qu'est un rassemblement ?

— Les choses que je ne sais pas, samanja – que Dieu t'arme d'une main prospère –, rempliraient un livre deux fois plus gros que le Livre saint – que Dieu, qui a mis ces mots sur mes lèvres, et qui m'en fera sûrement rendre compte, me pardonne. Est-ce que je t'ai offensé, samanja ?

— Qu'est-ce qui te fait croire ça ?

— Pourquoi est-ce que tu me parles toujours comme si j'étais un enfant ? Tu m'as totalement ignoré depuis que nous avons été présentés cet après-midi. Pas une fois tu ne m'as regardé dans les yeux.

— Quel âge as-tu ?

— Je suis assez vieux pour être dans l'armée, samanja monsieur. Que Dieu te donne quatre épouses – si tu n'en as pas déjà quatre. Et quarante enfants – à condition que tu n'en aies pas déjà quarante. Et que la richesse leur assure la magnificence.

— Tu es un sacré personnage, tu sais ! Quel âge as-tu, farabiti ?

— Dix-sept ans au dernier ramadan.

— Quel âge as-tu, farabiti ?

— Seize ans, samanja, avoua le farabiti Banana d'une voix qui se brisa. J'ai seize ans. »

Le samanja Damisa avait parlé en tournant le dos à Banana. « Tu as bien l'air d'avoir seize ans, dit-il. Mais en vérité, farabiti, quel âge as-tu ? »

Banana admit enfin sa défaite, d'une voix qui n'était plus qu'un murmure : « Je suis né le huitième jour du mois du ramadan de l'année 1348, qui était un *jumma'a.* »

Damisa fit un rapide calcul mental. Vendredi 7 février 1930.

Damisa se retourna sur son matelas et regarda Ali

Banana à l'autre bout de la tente. « Ce qui te fait donc treize ans, farabiti.

— Quatorze... dans quelques mois », plaida Banana.

Il était recroquevillé sur sa natte, la tête sur ses genoux repliés, les mains enserrant ses jambes. « Tu ne le diras pas au kaptin, hein ? Je t'en prie, ne lui dis pas. Je t'en prie, ne le dis à personne. Je serai perdu si tu le dis. Ils me renverraient à la maison, dit-il en tremblant. Ils me renverraient à la maison, répéta-t-il au comble du désespoir.

— Arrête de pleurer, Ali, dit gentiment Damisa. Vouloir être un homme n'est pas un péché.

— Mais c'est pas pour ça que je me suis engagé, avoua un Banana inconsolable. Je me suis engagé à cause de Yusufu et Iddrisi. On a grandi ensemble. Ils ont été, comme moi, envoyés à Zaria quand ils étaient très jeunes, et même s'ils ont quelques années de plus que moi, ils étaient mes meilleurs amis. Je ne connais aucun de mes frères et sœurs. Yusufu et Iddrisi sont les seuls frères que je connais. Je me suis engagé parce qu'ils l'ont fait.

— C'est une raison comme une autre. »

Mais cette gentillesse parut plonger Banana dans un désespoir plus profond encore. Il pleurait maintenant de tout son cœur, agitant les bras, secoué de sanglots. « Il y a une chose que je n'ai pas dite au kaptin aujourd'hui, déclara-t-il quand il cessa de pleurer. Je ne lui ai pas dit que je savais pourquoi Yusufu et Iddrisi et les autres ne m'ont pas envoyé chercher de Bimani quand j'étais à Chiringa. Les sous-offs n'arrêtaient pas de me dire que c'était parce qu'il n'y avait de place dans aucun des avions de ravitaillement quittant la base chaque jour pour le front. Ce qu'ils ne savaient pas, c'était que, pendant que j'étais à l'hôpital à lutter contre cette affreuse varicelle à Bombay, Yusufu et Iddrisi m'avaient rendu visite juste avant de partir pour la Bimani. Ils n'avaient pas cessé de me dire, depuis avant même qu'on quitte le Nigeria et pendant tout le voyage en Inde, qu'ils ne trouvaient pas bien que je me sois engagé dans l'armée. Ce n'était pas que j'aie menti sur mon âge pour être accepté qui les ennuyait. C'était qu'ils trouvaient que j'étais encore un enfant. Ils disaient que c'était mal qu'un gamin de mon âge aille se battre en Bimani.

— Est-ce qu'ils ne connaissaient pas ton âge le soir où ils t'ont incité à venir avec eux t'engager ?

— C'est que... commença Ali d'un air piteux, ils ne m'ont pas vraiment incité à les accompagner, ce soir-là. En fait, ils m'ont ri au nez quand je leur ai demandé si je pouvais venir avec eux. J'ai dû attendre tout un mois avant de me rendre tout seul à Kaduna et de me présenter aux recruteurs. Ils n'étaient pas contents quand ils ont découvert que je m'étais engagé. Ils ont même menacé de dire à l'officier recruteur que j'avais menti sur mon âge. Mais je savais qu'ils ne le feraient pas. Même s'ils l'avaient fait, ç'aurait été leur parole contre la mienne. Après tout, le jour où je me suis enrôlé, il y avait avec moi dans la queue des païens qui se sont contentés de hausser les épaules quand le scribe samanja leur a demandé leur âge, et ils ont dit qu'ils ne savaient pas ; et le scribe samanja les a toisés de l'œil et dit : "Je vais écrire dix-huit", ou "Mon crétin de neveu a dix-huit ans. Tu as la même taille et tu es plus large d'épaules que ce paresseux de fils d'assistante, alors je vais écrire dix-neuf." Je ne m'y suis même pas présenté dans l'intention de mentir. C'est seulement quand j'ai entendu le scribe samanja crier, furieux, contre le type devant moi, que mon cœur s'est effondré dans le sol sous mes pieds. "Tu as de la barbe, et alors ? criait le scribe samanja au type devant moi. Mon bouc en a aussi, est-ce que ça prouve qu'il a seize ans ? Stupide fils d'assistante, reviens l'an prochain !" Ça m'a servi de leçon de voir la déconfiture de ce pauvre gars, qui n'avait pas l'air d'avoir plus de douze ans, le pauvre diable, alors j'ai dit au scribe samanja que j'avais dix-sept ans. Il a dit que j'avais l'air d'en avoir seize. Je lui ai dit que son bouc devait être plus vieux que moi, puisque je n'avais pas vraiment de poils, sans parler d'une barbe. Il a ri et m'a traité de fils d'assistante, mais je n'ai pas protesté ; l'honneur de ma mère est sacré pour moi, mais je savais qu'elle comprendrait, et je n'étais pas venu à pied de Zaria jusqu'à Kaduna pour échanger des insultes avec un homme qui avait un fusil près de lui.

Quand il a fini de rire de moi, il m'a demandé mon nom, le village d'où je venais et si j'avais jamais souffert de la maladie du froid et si j'en avais été guéri, et combien de femmes j'avais. Je lui ai donné mon nom, je lui ai dit d'où je venais. Quant aux trois dernières questions, je lui ai aussi répondu la vérité : que je n'avais pas d'épouse et que je n'avais eu aucune raison de me débarrasser d'un mal qui ne s'était jamais emparé de moi. Je suis resté planté là à le regarder noter tout ce que je disais dans son registre. Finalement, il a dit : "La jeune maîtresse du tailleur samanja a eu des jumeaux, ce matin. Il faudra donc que tu attendes son retour demain pour essayer ton uniforme. Mais le chausseur samanja est là-bas. Va le voir qu'il te mesure les pieds." Mais, samanja, du jour où je me suis enrôlé, Yusufu et Iddrisi m'ont tourné le dos. Et ça n'a rien arrangé de leur demander ce qu'ils avaient dit au scribe samanja quand il les avait interrogés sur la maladie du froid. Car cet écoulement jaune et glacial du pénis les avait envoyés tous les deux courir, à l'agonie, jusqu'à la maison de Hajia Binta l'herboriste, non pas une mais deux fois cette seule année. Bien entendu, cette affection leur était venue de la maison de Jummai l'assistante qui épousait un homme différent chaque nuit, voire deux si le premier avait tenté le vieux truc de lui dire qu'il avait oublié son portefeuille chez le barbier. Mais je n'avais évoqué l'affaire de la prostituée et la chaude-pisse qu'ils avaient attrapée d'elle que pour montrer à Yusufu et Iddrisi que, moi aussi, je pouvais garder un secret. Ça les a fait taire jusqu'à ce qu'on monte sur le grand bateau et qu'on aille en Inde. On avait à peine posé le pied sur la terre ferme que tout mon corps se couvrait de vésicules. Alors, ils m'ont dit : "Tu vois ? Dieu avait tout un chargement parmi lequel choisir sur ce bateau, mais qui d'entre nous a-t-Il puni en lui envoyant la varicelle ?" C'est la dernière fois que je leur ai parlé.

— Mais tu as dit qu'ils étaient venus te voir à l'hôpital ?

— C'était juste avant que le 5ᵉ RN s'envole pour la Bimani. Ils sont bien venus me voir, mais je les ai laissés faire toute la conversation. Ils étaient venus me dire que tous les autres gars de Zaria et eux s'étaient réunis pour discuter et qu'ils avaient décidé que, quand je quitterais l'hôpital, je devrais aller voir les officiers du quartier général de Bombay et leur dire que j'avais menti sur mon âge. Pour mon propre bien, ils ont dit, ils expliqueraient au commandant de notre compagnie, et à tous ceux qui voudraient bien les écouter, qu'ils avaient peur que je leur transmette la varicelle si je revenais parmi eux. Ils diraient à tous les officiers blancs qu'ils croyaient que je porterais la poisse à toute la section en plus de leur donner la varicelle, si on m'autorisait à revenir.

— Pourquoi n'as-tu pas avoué quand tu as quitté l'hôpital ?

— J'ai failli. Et puis j'ai décidé que, si j'étais assez grand pour être le meilleur tireur du peloton quand on nous entraînait à Kaduna, j'étais assez grand pour porter une arme et combattre les Janpani. Et c'est vrai que j'étais le meilleur tireur du peloton, Dieu m'en est témoin. Oh, soupira-t-il tristement comme s'il se résignait à son sort, je suppose que je suis bon pour la cour martiale, maintenant. »

Le samanja Damisa le regarda à la faible lueur de la lampe tempête posée au milieu de la tente. « Un garçon est un homme quand il se sent un homme. Un homme de quarante ans peut rester un enfant s'il n'a pas décidé d'être un homme. J'avais à peine quatorze ans quand j'ai eu mon premier boulot. Ton secret est bien gardé avec moi.

— Que Dieu couronne ta tête de succès », dit Banana, dont les yeux s'embuèrent de nouveau.

Banana avait la gratitude expansive et il ne lui fallut guère de temps pour retrouver son débit tumultueux. « Les sous-offs à Chiringa, déclara-t-il, ont dit que ce régiment faisait partie d'un bataillon spécial appelé Manger-je-sais-pas-quoi. » Le mot hausa pour « manger » est *ci*, prononcé « chi ».

« Chindits, rectifia Damisa qui commençait déjà à regretter la promesse qu'il venait de faire.

— C'est ça. Je savais que ça avait un rapport avec la nourriture.

— Ça n'a rien à voir avec la nourriture. »

Comme si on l'avait interpellé, l'estomac de Banana émit un grondement puissant.

« Il y a un peu de kulikuli dans le sac près du mur, dit Damisa en secouant la tête. Sers-toi. »

Banana n'en crut pas ses oreilles.

« Du kulikuli, ici, en Inde ? Dieu est vraiment grand ! »

En croquant dans les délicieuses boules de cacahuètes pilées, il continuait de secouer la tête d'émerveillement. Il finit par éclater d'un rire ravi.

« Est-ce que tu les as apportées de chez nous ? demanda-t-il.

— Le farabiti Danja les a apportées. C'était le cadeau d'adieu de sa mère.

— C'est surprenant de voir ce que certains des gars ont tenté d'emporter pour ce voyage, observa Banana qui mâchonnait bruyamment et rotait de temps à autre. En mer, on a trouvé cinquante kilos de dawadawa sous le lit d'Aminu Yerwa, quand les hommes qui partageaient sa cabine ont commencé à se plaindre de l'odeur nauséabonde. Le manque d'air avait gâché le dawadawa et il était plein d'asticots. » Le dawadawa, condiment nutritif fait de graines de nété grillées et fermentées, sent déjà très fort quand il est frais. « Le commandant a demandé à Aminu pourquoi il en avait emporté autant, et il a dit qu'il espérait en garder un peu pour lui et vendre le reste en petites portions aux autres, quand on serait en Inde. »

Damisa grogna. Il avait entendu des dizaines de variations de cette histoire. Mais ce n'était pas pour ça qu'il avait grogné. Au lieu de rassasier sa faim et de l'inciter à dormir, le kulikuli avait délié plus encore la langue de Banana, qui semblait désormais intarissable.

« J'ai entendu plein de voix hausas quand je cherchais le mess, ce soir, annonça Banana en se tournant de côté pour lâcher un pet sonore qu'il attribua, avec une satisfaction évidente, au merveilleux kulikuli. J'ai cru que j'étais de retour à Kaduna. » Il était clair qu'il allait se lancer dans une autre histoire.

« Farabiti ? dit Damisa.

— Oui, samanja ?

— Est-ce que ta bouche s'arrête jamais de parler ?

— Seulement quand je dors. Mais même alors...

— Dors, farabiti. Dors. » Damisa se pencha pour souffler la lampe.

« Mais je parle même dans mon sommeil. Je dis toutes sortes de choses, poursuivit Banana dans l'obscurité. Merci, samanja, d'être si gentil avec moi, ajouta-t-il. J'ai juste deux questions, et puis je te laisserai tranquille.

— Quelles sont-elles ?

— La première question c'est : le samanja de Chiringa a dit que les Chindits allaient se charger d'une opération spéciale. Quelle est cette opération spéciale ?

— Personne ne le sait. Ce qui ne fait aucun doute,

c'est que nous allons en Birmanie. Quand est-ce qu'on partira en Birmanie, personne ne le sait. Quelle est ta seconde question ?

— Le boulot que tu as fait quand tu avais quatorze ans.

— Et alors ?

— Qu'est-ce que c'était ?

— Pas grand-chose, en fait, juste un truc dans la prison.

— Tu étais gardien de prison à quatorze ans ?

— Pas vraiment gardien.

— Tu étais quoi ?

— Je travaillais dans le couloir de la mort. J'étais apprenti bourreau dans la prison de Sokoto.

— Tu essayes juste de me faire peur, s'exclama Banana avec un petit rire nerveux.

— Non, pas du tout, assura Damisa. Dors bien, farabiti. »

Pas un mot de plus ne sortit des lèvres de Banana pour le reste de la nuit. Pas même dans son sommeil.

6

Les sept jours qui suivirent passèrent comme dans un brouillard; l'entraînement était si éreintant, si musclé, qu'à la fin de la journée, Banana perdait conscience dès qu'il revenait sous la tente et titubait jusqu'à sa natte. Il avait l'impression que le réveil était sonné de plus en plus tôt et que les exercices duraient bien plus longtemps chaque jour. A la fin de la semaine, il n'avait pas dormi plus de trois heures par nuit. Plusieurs fois, l'estomac de Banana s'était révolté.

A la fin de la deuxième semaine, Banana avait cessé de vomir.

Il subit alors un relâchement persistant des intestins combiné à des vertiges qui menacèrent de le perdre. Un matin, son visage lui fit peur quand il se surprit dans un miroir. Noir d'encre depuis sa naissance, il virait au jaune. Il fonça droit vers la tente du médecin, changea de direction à mi-chemin quand soudain son ventre annonça son intention de souiller son pantalon et se retrouva à danser frénétiquement d'un pied sur l'autre au bout de la très longue file d'hommes incontinents au visage jaunissant qui, eux aussi, attendaient désespérément leur tour devant les latrines. Pendant qu'il se tordait dans la queue, les fesses bien serrées l'une contre l'autre, il regarda ceux qui sortaient des latrines et remarqua qu'eux aussi avaient la peau qui se décolorait et virait au jaune.

Godiwillin Nnamdi, fils d'un instituteur d'Onitsha, qui s'était enrôlé dans l'armée pour se venger d'une faute de son père dont il ne se souvenait plus, annonça d'un ton sinistre que la semaine précédente, deux nationalistes indiens, qui ne voulaient ni des Britanniques ni des Japonais dans leur pays, mais qui, à tout prendre, préféreraient encore les Japonais, avaient été surpris en train de tenter d'empoisonner la réserve d'eau de la base. Godiwillin raconta l'incident dans une lettre à ses parents. Son père lui répondit qu'il regrettait seulement que son fils si affectueusement nommé « Dieuleveut » n'ait pas suivi son conseil et utilisé son certificat de fin d'études pour devenir enseignant plutôt que tueur d'hommes. Il lui dit que sa sœur Blessing venait de faire honneur à son nom, « Bénédiction », en obtenant son diplôme d'infirmière et que son frère Godwin, comme son nom « Dieuvainqueur » le laissait présager, était entré au séminaire St. Paul d'Igbariam et que toute la famille pensait à lui chaque soir au moment de la prière. La réponse ne passa pas la censure et Godiwillin ne la lut jamais.

Bloken Yahimba, un Tiv de Gboko, dit qu'il avait lui aussi entendu cette histoire, mais que c'était un latrinographe – une histoire qui avait commencé, comme beaucoup d'autres, pendant que les hommes étaient accroupis côte à côte pour répondre à l'appel de la nature. Le nom complet de Bloken était Jerome « Broken Bottles » Yahimba. Jerome, dix-huit ans à son prochain anniversaire et déjà loin de l'adolescence, était chauve depuis le jour de sa naissance. Il avait acquis le surnom de « Bouteilles brisées » pendant ses folles années de jeunesse – plus précisément entre quatorze et seize ans – quand il fracassait des bouteilles sur son crâne chauve juste pour voir la tête des gens. La langue de Bloken remplaçait souvent la lettre *r* par la lettre *l*. Conséquence de cette particularité de langage, il se réjouissait de prononcer son nom Jelome « Bloken Bottles » Yahimba. On l'appela Jelome pendant un temps, mais il préférait qu'on l'appelle Bloken, et c'était sous ce nom qu'il s'était engagé dans l'armée.

Haliyu Danja, un farceur du village de pêcheurs d'Argungu, avait immédiatement transformé les mouvements en vrille de ses pieds propulsés par la diarrhée en une danse enthousiaste qu'il avait nommée « spasme du ver des tuyaux ». Danja, dont on prononçait le nom Danger, car telle était l'orthographe correcte du nom qu'il avait inventé et donné aux recruteurs épuisés de son village natal, affirma connaître la cause de leurs visages jaunissants et de leurs estomacs retournés. La cause, annonça-t-il d'un air grave, était les quatre comprimés qu'on les obligeait à prendre chaque jour. Danja omit d'ajouter que c'était l'avis des médecins, qu'il venait d'aller voir. Les médecins lui avaient dit que la moitié des hommes de troupe et des officiers de la base souffraient comme lui des effets secondaires de la mépacrine, le nouveau médicament antimalaria qu'ils avaient ordre de leur distribuer.

A la fin de la troisième semaine, le corps de Banana avait appris à aimer la mépacrine ; plus de vertiges, plus de courante, et il était de plus en plus rare qu'un visage cireux le regarde quand il tombait sur un miroir. Son gros ventre disparut.

Il apprit des choses pas si simples : comment couvrir ses traces et s'évader, barrer un bateau et traverser une rivière, l'art d'évaluer le terrain, les opérations de nuit, les opérations de défense et les opérations furtives, prendre l'initiative de l'action en cas de contact avec l'ennemi, les tactiques des escadrons, des pelotons et des colonnes, l'orientation dans la jungle, les patrouilles, les reconnaissances, la lecture des cartes et la préparation des zones d'atterrissage pour les parachutages. Avec chaque membre de son unité, y compris les muletiers, il apprit à utiliser chaque arme de sa section.

Pour certaines séances d'instruction, on avait fait appel à divers spécialistes. Mais beaucoup d'autres étaient assumées par des officiers et des sous-officiers qui avaient passé plusieurs mois à l'école de la guérilla, où on les avait formés à des techniques qu'ils devraient savoir transmettre à d'autres.

Il apprit même des choses qu'il croyait déjà savoir, comme la bonne méthode pour nettoyer un fusil.

« Avant de commencer à nettoyer votre fusil, dit le samanja Damisa en prenant le Lee-Enfield de Haliyu Danja pour faire la démonstration, assurez-vous toujours que la culasse est vide. Quand vous êtes sûr que l'arme n'est pas chargée, inspectez le canon. Ouvrez la chambre et regardez s'il y a des traces de poudre ou de plomb. Pour un fusil à culasse mobile comme celui-ci, retirez la culasse. Inspectez le canon en dirigeant la bouche vers la lumière. Regardez de la bouche à la chambre. S'il y a des traces de rouille ou de plomb, utilisez un écouvillon pour nettoyer le canon. Ensuite, passez un tissu – bien sec – dans le canon. Recommencez, assurez-vous que c'est propre, puis repassez un tissu légèrement huilé pour terminer le travail. Nettoyez l'intérieur de la boîte de culasse et aussi sa fermeture. Maintenant, démontez le fusil et nettoyez tous ses éléments avec des chiffons et des brosses. Puis, appliquez dessus une légère couche d'huile pour les protéger. Enfin, avec grand soin, conclut le samanja, assemblez l'arme. Après ça, les gars, votre fusil doit être comme neuf. Recommencez le nettoyage chaque jour. Que ça devienne une habitude. La première chose que vous faites quand vous vous réveillez. Nettoyez votre fusil après chaque utilisation, et en particulier quand vous ne l'avez pas utilisé pendant un certain temps. »

Les hommes l'écoutèrent poliment. Ils s'efforcèrent de dissimuler leur ennui. Rien de ce que Damisa avait dit ou fait ne leur était inconnu, sur la manière de nettoyer un fusil. Même Banana trouvait que son temps aurait été mieux utilisé à s'entraîner pour exécuter la danse du spasme de Haliyu Danja.

« Je sais ce que vous vous dites, ajouta Damisa avec un sourire narquois. Vous vous dites que je vous fais perdre votre temps, n'est-ce pas ? Eh bien, voyons un peu... réfléchit-il avant de poser les yeux sur un homme qui se balançait doucement près de Banana. Le farabiti Zololo va prendre ce N° 4 Mark 1 pour nous montrer comment nettoyer un fusil. »

Zololo s'arracha à sa somnolence, s'avança, retira le fusil de son épaule et entreprit de le nettoyer. Banana eut l'impression qu'il faisait un travail impeccable. Il aurait procédé de la même façon. C'était exactement ce que Damisa leur avait montré. Mais le samanja ne fut pas impressionné. « Recommence, Dogo », dit-il à Zololo en l'appelant par son surnom. A nouveau, Zololo démonta le fusil, le nettoya, le graissa et l'assembla. Damisa n'était toujours pas satisfait.

« Qu'est-ce que le farabiti Zololo a mal fait ? » demanda-t-il aux autres.

Ils le regardèrent tous bêtement. Il se tourna vers Zololo. « Pourquoi n'as-tu pas vérifié si le fusil était chargé avant de commencer à le nettoyer ?

— Parce que je savais qu'il n'était pas chargé, se défendit Zololo avec agacement. Je l'ai déchargé en personne ce matin. » Zololo avait été caporal – kofur –, mais on lui avait retiré ses galons après qu'il s'était bagarré à Katsina avec un commerçant malien à cause d'une dette de jeu.

« J'ai fait passer le farabiti Zololo en premier, parce que je sais que c'est un bon soda, leur expliqua Damisa. On a combattu côte à côte pendant la campagne d'Afrique orientale, alors je sais de quoi je parle. Mais même les bons sodas commettent des erreurs. Quand vous prenez une arme à feu, dit-il en levant en l'air le fusil de Danja pour qu'ils le voient tous, considérez toujours qu'il est chargé. Même si vous savez qu'il ne l'est pas. Maniez-le toujours avec le même soin que s'il était chargé. Sinon, les gars, un jour, vous prendrez votre fusil pour le nettoyer, persuadé qu'il est vide, vous presserez accidentellement la détente et une balle que vous aurez ratée quand vous avez vidé la chambre ce matin-là explosera et vous creusera un trou de la taille d'un poing dans la tête. Ce sera la dernière fois que vous nettoierez un fusil. »

7

Au début du mois suivant, alors que Banana venait de fêter ses quatorze ans, ils reçurent la visite d'un homme que tout le monde appelait le Janar. Il arriva pendant qu'ils dînaient dehors un soir de pleine lune. Banana était assis en face du samanja Damisa et du farabiti Zololo et les écoutait se souvenir d'une splendide bataille qui s'était déroulée en 1941 dans un lieu appelé Babile Gap, en Abyssinie.

Zololo était au milieu de son récit des hauts faits de cet épisode de la campagne d'Afrique orientale quand il se tut soudain, les yeux rivés sur un point derrière Banana.

« Le Janar, dit-il d'une voix émerveillée, il est là ! » Ils repoussèrent tous leur assiette. Un silence admiratif et craintif s'abattit sur les officiers et leurs hommes.

Banana se retourna et vit un homme pas plus grand que lui, voire un peu plus petit. Il s'avançait d'un pas plutôt maladroit au milieu de l'assemblée, les mains dans le dos. Il était vêtu d'une tunique fripée et sale, comme s'il avait dormi dedans, qu'il s'était lavé dedans et qu'il ne l'avait pas quittée depuis le jour où il l'avait enfilée, très longtemps auparavant. Il portait une barbe fournie, noire et en broussaille. Sous son casque africain vert olive, perché de curieuse manière sur sa tête en cette nuit de pleine lune, ses yeux, d'un bleu électrique, étaient profondément enfoncés dans leurs orbites et bougeaient à toute vitesse avant de se plisser pour fixer un point sans ciller. Quand ils s'arrêtaient sur un homme, c'était comme s'ils pouvaient voir à travers sa chair jusque dans son âme. Mais ses épaules trahissaient sa fatigue ; plutôt larges, elles étaient un peu voûtées, si bien que pendant qu'il traversait sans se presser la clairière poussiéreuse où les hommes étaient rassemblés, on aurait dit qu'il risquait à tout moment de s'affaler et de s'endormir.

Quand le Janar prit la parole, ce fut d'une voix râpeuse et avec un léger bégaiement. De temps à autre, pendant qu'il parlait, ses mains se levaient et venaient gratter sur son cou une vilaine cicatrice qui donnait l'impression que la tête avait été séparée du corps et remise en place à la va-vite par quelqu'un dont les mains tremblaient salement en tenant ses instruments. Mais les mots fusaient de la bouche du Janar, formulant des phrases impeccables, et on aurait dit qu'il ne reprenait jamais son souffle. Quand il se mit à parler, et tandis qu'il déroulait son discours, l'homme gauche et un peu hésitant qui était apparu quelques minutes plus tôt se transforma en un homme possédé. Et quand il eut fini, une demi-heure plus tard – qui était passée comme dix minutes –, il repartit dans la nuit de son pas traînant et d'apparence fragile, et ce furent eux qui se retrouvèrent possédés par ses visions et ivres de ses mots.

8

La section D, la propre petite section de Damisa, resta éveillée tard cette nuit-là pour parler de la visite du Janar. Ils abandonnèrent tous leurs quartiers et se retrouvèrent dans la basha de Damisa. Ils n'étaient que six. Deux membres du groupe ne purent assister à la réunion : Godiwillin était de garde et Bloken était à l'infirmerie avec une angine. La réunion débuta mal.

Ce qui faillit gâcher la soirée fut une bagarre qui se déclencha entre Zololo et Pash, qui en vinrent presque aux mains, et qui s'étendit au point que bientôt des insultes volèrent dans tous les coins de la tente.

De ceux qui se retrouvèrent dans la basha de Damisa ce soir-là, seuls Zololo et Damisa avaient jamais posé les yeux sur le Janar auparavant. Zololo ne l'avait vu que de loin le jour du défilé de la victoire, quand l'empereur Hailé Sélassié entra dans Addis-Abeba après qu'on en eut chassé l'armée d'occupation italienne. Le Janar menait la procession, monté sur un beau cheval blanc. Mais Damisa, un des Nigérians de la Force Gideon, avait servi directement sous ses ordres, et le Janar l'avait presque fait pleurer ce soir quand, au moment de partir, il s'était approché de la table de Damisa et en passant avait lancé : « Je vois que le léopard est là », avant de continuer sa route avec, dirent certains, un petit sourire dans les yeux.

C'est ce moment de grande fierté pour Damisa qui fut justement la cause de la querelle qui éclata quand les hommes se réunirent sous sa tente.

Banana et Pash s'y trouvaient déjà avec lui, puisque les lieux étaient les leurs autant que les siens, quand le farabiti Danja et le farabiti Guntu se joignirent à eux. Zololo fut le dernier à arriver et le premier à parler de ce qui les réunissait là ce soir.

« Mon Dieu, cette nuit a connu un miracle, avec ce que le Janar a fait en partant ! commença Zololo. Après toutes ces années, il se souvient encore de toi. Vous avez dû être des milliers en Abyssinie, et il se souvient encore du samanja Damisa ! »

Damisa tenta de la jouer modeste. Il prétendit que ce n'était rien, vraiment. « Les gens ne m'oublient jamais, se justifia-t-il avec un petit rire gêné en montrant du doigt le côté gauche de sa tête où manquait une oreille.

— Mais il ne s'est pas seulement souvenu de toi, il s'est souvenu de ton nom ! insista Zololo. Ça c'est quelque chose ! »

Tout le monde hocha la tête pour approuver. Le Janar était vraiment un noble seigneur. Le samanja Damisa faisait vraiment honneur à tous les fantassins, à la Frontier Force d'Afrique occidentale, et au régiment nigérian; et tous les hommes se sentirent grandis de servir sous ses ordres.

La querelle commença quand Zololo, remarquant ce qu'il prit pour de l'étonnement sur le visage du kofur Pash, se tourna vers lui et dit en anglais : « Le Janar a appelé samanja "léopard". En hausa, "damisa" veut dire...

— Léopard », dit Pash en allumant une cigarette. Son visage n'avait pas du tout exprimé l'étonnement. Il cherchait simplement son briquet.

« Ton hausa s'améliore de jour en jour, fit observer Zololo en revenant au hausa.

— Ton yoruba aussi, répondit Pash en anglais, son visage dissimulé derrière un nuage de fumée.

— Le kofur m'insulte, annonça Zololo avec une lueur dangereuse dans les yeux. Le kofur sait que je ne parle pas yoruba.

— Allons, remets-toi, Dogo, dit Pash en hausa. Je plaisantais. Prends donc une Lucky Strike. Au fait, je m'appelle "Fashanu", pas "Pashanu". C'est "Fash", pas "Pash".

— La bonne humeur du kofur prend le pas sur sa mémoire, ce soir, déclara Zololo. Le kofur oublie que je ne fume pas.

— Peut-être que tu devrais, dit Pash. Et j'ai aussi du rhum, si t'as soif. »

Damisa connaissait assez Zololo pour savoir que s'il n'intervenait pas tout de suite, la soirée finirait par un meurtre. Il bondit sur ses pieds, traversa l'espace qui le séparait de Pash et gifla le kofur.

« Mais qu'est-ce qui te prend, Olu ? lui cria-t-il.

— J'en ai marre de Dogo et de tous les autres qui se moquent de mon hausa ! ». La rage et la gifle lui avaient fait monter le sang aux joues. Dans son dos, on appelait Pash « kofur Un-Par-Un », à cause de sa tendance à mélanger les mots. Il disait *d'ai d'ai*, par exemple, qui signifie « un par un », quand il voulait dire *daidai*, qui signifie « avoir raison ». En conséquence, quand il voulait dire « Tu as raison », il disait « Tu es un par un », ce qui était source d'amusement infini pour tout le monde sauf pour Pash, jeune homme de dix-huit ans très timide qui ne supportait pas le ridicule.

« Et tu crois que provoquer une bagarre avec Dogo est la solution ? lui demanda Damisa.

— Je sais, j'ai un accent quand je parle hausa, commença Pash.

— C'est pas ton accent qui pose problème, c'est ta grammaire qui est aberrante, fit gentiment remarquer Zololo avant que Damisa lui ordonne de la fermer.

— Je sais, je fais plein d'erreurs, admit Pash. Mais

j'y peux rien. C'est pas ma langue. Je ne suis pas un Hausa, je suis un Yoruba.

— Et un bon chrétien, observa innocemment Zololo, si innocemment que ça lui valut une claque de Damisa.

Qu'est-ce qu'il y a de mal à dire qu'il est chrétien? protesta bruyamment Zololo.

— Il n'y a rien de mal à dire qu'il est chrétien, dit Damisa, mais il savait ce que Zololo avait voulu souligner : que Pash n'était pas musulman.

— Alors pourquoi tu m'as frappé, samanja? demanda Zololo, qui paraissait sincèrement blessé.

— Parce que c'est pas poli de rappeler à un homme une chose qu'il ne sait que trop bien, intervint le farabiti Guntu pour se rendre utile. C'est comme me rappeler que je m'appelle Guntu. » Il avait une voix forte et haut perchée qui, se vantait-il, avait un jour mis KO une mouche à qui il avait crié de se mêler de ses affaires et de le laisser manger sa mangue en paix. Guntu mangeait beaucoup de mangues, à l'époque; une année, il en avait tant mangé qu'il avait dû fermer son échoppe de mangues à Birnin Kebbi. C'était même la raison de sa venue en Birmanie : il voulait échapper au défilé incessant de producteurs de mangues à qui il devait encore beaucoup d'argent.

Le vrai nom de Guntu était Dogo, qui signifie « le grand ». Pourtant, Guntu était assez petit. Et comme le farabiti Zololo, qui était très grand, lui, portait aussi le nom de Dogo, on avait décidé que Guntu – dont le vrai nom était Dogo – serait appelé Guntu, qui veut dire « le petit », et que Zololo – qui était très grand – serait appelé Dogo, pour éviter toute confusion. Ce fut très compliqué, au début, pour le petit Dogo, mais au bout d'un moment, il s'habitua à ce qu'on l'appelle Guntu, ce qui n'était pas du tout son nom. Mais ce n'était pas Dogo non plus. Son vrai nom était bel et bien Guntu, mais il l'avait changé en Dogo quand il s'était enrôlé dans l'armée pour éviter d'être retrouvé par tous les fermiers dont il avait mangé les mangues.

« Le soldat Guntu dit que c'est pas bien d'être chrétien, peut-être ? demanda Pash.

— Est-ce que le kofur Un-Par-Un est en train de dire qu'il y a quelque chose de mal à être petit ? » rétorqua Guntu.

La réplique de Guntu fut suivie d'un silence total. Puis ses yeux s'arrondirent et sa bouche s'ouvrit quand il se rendit compte, horrifié, de ce qu'il avait dit, et il entreprit de bafouiller des excuses.

Mais Pash ne l'écoutait plus. « De quoi tu m'as traité ? » demanda-t-il en rivant ses yeux furieux sur ceux de Guntu.

Guntu quêta l'aide de Damisa, mais le samanja se contenta de hausser les épaules. Un soupir de misère et de résignation parcourut le corps de Guntu. Puis ses yeux tombèrent sur Zololo, qui arborait un méchant sourire, et soudain il cria, faisant sursauter tous les autres : « C'est lui ! dit-il en pointant un doigt accusateur sur Zololo. C'est lui le premier qui t'a appelé "kofur D'ai D'ai". Demande au samanja Damisa. Il était là à l'époque.

— Sergent ? » demanda Pash. Mais Damisa refusa de s'en mêler.

Lentement, Pash se retourna vers Zololo. « Est-ce que c'est vrai ? » demanda-t-il d'une voix douce. Inquiétante.

C'est à cet instant que Danja, qui était assis derrière Banana, décida, sans raison apparente, de participer à la bagarre.

« Et puis, ton nom, c'est même pas Guntu, fit remarquer Danja. Tu t'appelles Dogo.

— Si je dis que mon nom est Guntu, dit Guntu en se retournant méchamment vers Banana car il croyait que c'était lui qui avait parlé, c'est que je m'appelle Guntu !

— Mais j'ai rien dit ! protesta Banana.

— Et maintenant, tu me traites aussi de menteur ! cria Guntu d'une voix perçante.

— Je t'ai traité de rien, insista Banana en s'abritant de la pluie de postillons qui lui tombait dessus. J'ai rien dit du tout. Si tu cherches la bagarre, prends quelqu'un de ta taille. »

Comme Guntu était justement le plus petit sous cette tente, il considéra qu'on lui adressait une insulte de plus, bien sûr.

« C'en est trop ! dit-il en bondissant sur ses pieds.

J'ai été assez injurié pour ce soir. Si tu veux bien m'excuser, samanja, je retourne sous ma tente.

— Assis, Guntu ! » aboya Damisa. Guntu se rassit.

« Vous étiez là ce soir, quand le Janar a dit mon nom devant toute la colonne, commença Damisa. Il a dit mon nom parce que c'est un homme élégant. Il a dit mon nom parce qu'il s'est souvenu que j'étais en Abyssinie. Il s'est souvenu non seulement de moi, mais de tous ces milliers de Nigérians, dont Dogo ici présent, qui ont combattu courageusement aux côtés des deux mille hommes sous son commandement au cours de notre guerre féroce contre les Italiens. J'ai entendu dire que le Janar en personne a spécifiquement demandé au moins une brigade de Nigérians quand il s'est assis à la table où on a planifié l'expédition à venir en Birmanie. Il a dit qu'il voulait des Nigérians parce qu'en Somalie et en Abyssinie, il a vu que nous étions des combattants courageux et des hommes durs à la tâche. Je ne sais pas si c'est vrai, mais ça me plaît de le croire. Réfléchissez un peu : des six brigades qui forment les Chindits, la seule qui ne soit pas composée d'hommes venus d'Angleterre ou d'Écosse, qui n'est pas constituée d'Américains, c'est notre brigade Tonnerre, la troisième brigade d'Africains de l'Ouest. Même les Gurkhas n'ont pas toute une brigade à eux. Et les Gurkhas sont célèbres pour leur courage et leur férocité au combat. La section D compte huit hommes. Huit hommes qui, jusqu'à il y a peu, étaient fermiers, commerçants, pêcheurs, tailleurs et forgerons dans une terre lointaine appelée Nigeria. Maintenant, nous sommes tous des sodas venus faire la guerre du roi Georges. Maintenant, nous sommes en Inde et, comme vous l'avez entendu ce soir de la bouche du Janar, dans moins de dix jours, nous serons en Birmanie. Au pays, la plupart d'entre nous ne nous connaissions pas. Certains se sont rencontrés pour la première fois sur le navire qui les emmenait en Inde. Certains d'entre nous sont chrétiens, d'autres musulmans, et d'autres encore prient leurs ancêtres. Certains d'entre nous parlent le hausa, d'autres l'ibo, d'autres le yoruba et d'autres le tiv, et bien des langues encore. Je me moque du dieu que vous adorez comme de la langue que vous parlez ; je me moque de savoir si vous êtes petit ou grand, maigre ou costaud ; je me moque que vous sachiez ou non lire et écrire, que vous buviez de l'alcool ou que vous préfériez l'eau. Tout ce qui compte pour moi, c'est que vous sachiez tirer juste et que vous sachiez que nous sommes dorénavant tous frères. Nous resterons ensemble ou ensemble nous mourrons. Je parle de la mort parce que je sais que certains d'entre nous ici présents ce soir ne reviendront pas de Birmanie. Ce n'est pas une prédiction, juste la réalité de la guerre. Certains rentreront chez eux sans même une égratignure. J'aime imaginer que si je dois mourir en Birmanie, une des personnes présentes ici ce soir dans cette hutte rassemblera un jour, dans cinquante ans, ses petits-enfants sous la pleine lune et leur racontera : j'ai connu un homme jadis, avec qui j'ai combattu dans les tranchées de Birmanie, il s'appelait Abdul, il était brusque mais juste, il était comme un frère pour moi. J'ai connu un homme jadis, qui est mort en Birmanie. »

Un silence impressionnant régnait dans la pièce. Une humeur étrange étreignait les hommes ; l'impression, que chacun éprouvait fortement et contre laquelle ils luttaient tous, d'être au bord des larmes. C'est alors que Godiwillin entra.

« Je vois que vous avez appris la nouvelle, dit-il, un peu engourdi lui aussi.

— Quelle nouvelle, Will ? » demandèrent-ils.

Les autres appelaient Godiwillin « Will » non parce qu'il s'appelait William, mais parce que « Godiwillin » était bien trop long et qu'ils refusaient de l'appeler « God », parce que c'était le nom de Dieu Tout-Puissant en anglais.

« Vous ne savez pas ? Le Janar est mort, dit Godiwillin. Son avion s'est écrasé moins de vingt minutes après qu'il nous a quittés ce soir. Le capitaine Gillespie vient de l'annoncer. »

Le bombardier bimoteur Mitchell M-25 avait percuté une montagne près de Bishenpur, à la frontière entre la Birmanie et l'Inde, et s'était désintégré, tuant sur le coup les neuf personnes à son bord.

II

Aberdeen

1

Quelques jours après la mort du Janar, un soir, la vallée d'Hailakandi résonna du vrombissement assourdissant des bimoteurs. A mesure que les avions se posaient, dix-huit officiers, trois cent quatre-vingt-dix-sept hommes de troupe, quinze poneys, soixante-dix mules et dix-huit bœufs entrèrent dans les carlingues.

Un peu plus tôt, le kaptin Gillafsie avait rassemblé tous les groupes de son peloton.

«J'ai entendu dire, exposa-t-il en hausa, que nous sommes des guérilleros. J'ai même entendu des Chindits le dire. Ils devraient réfléchir. Nous ne sommes des guérilleros que dans la mesure où nous sommes structurés en petites cellules et où nous sommes entraînés à agir sans préavis et, s'il le faut, à disparaître immédiatement sans laisser de trace. Mais nous considérer comme des guérilleros est trompeur. Nous ne sommes pas des guérilleros. Nous sommes, pour reprendre les termes du regretté Janar Wingate, un

Groupe de Pénétration en Profondeur. Le brigadier Calvert, commandant en chef d'Emphase, la 77e brigade, notre sœur, qui a étroitement travaillé avec le Janar Wingate pour planifier cette campagne, a trouvé la formulation la plus appropriée pour décrire ce que nous sommes. Selon la description du brigadier, les huit colonnes d'Emphase et les six colonnes de Tonnerre – la 3e brigade d'Afrique de l'Ouest – et celles de toutes les autres brigades de Chindits – Galahad, Entreprise, Profond et Javelot, sans parler des forces auxiliaires – pénétreront séparément toutes sortes de pays, comme les doigts d'une main, écartés et tendus dans toutes les directions, et ensuite se concentreront pour ramener ces doigts qui serreront l'ennemi à la gorge quand son attention aura suffisamment été dispersée, ou pour abattre leur poing fermé sur un objectif important comme un pont ou un dépôt de munitions. En d'autres termes, hommes de Tonnerre, nous marchons divisés, mais nous luttons unis. »

Comme un seul homme, les gars sautèrent en l'air pour montrer leur joie et crièrent à plusieurs reprises : « Tonnerre ! Tonnerre ! Tonnerre ! » Quand ils se dispersèrent et retournèrent à leurs bashas boucler leur paquetage, la serre qui avait commencé à leur broyer les entrailles s'était ouverte. Elle avait été remplacée par un but enivrant qui donnait à leurs pas une nouvelle vigueur.

2

La section D fut la dernière à partir.

L'intérieur du Dakota était sombre. Le fuselage puait le cuir et le fluide hydraulique. Les moteurs rugirent, un seul d'abord, puis les deux, et les lumières de la piste se fondirent en une ligne floue couleur cuivre tandis que l'avion se propulsait dans un grondement terrible et se redressait en une poussée violente qui éjecta Banana de son siège. Sa tête alla frapper un objet dur – la cheville du farabiti Zololo. Étourdi, il regagna son siège en rampant et s'accrocha à la poignée métallique de toutes ses forces.

« Samanja, demanda-t-il en hausa d'une voix qu'il voulait détachée, comment s'appelle le lieu où nous allons, en Bimani ? »

La voix du kaptin Gillafsie sortit de l'ombre. « On l'appelle la Ville Blanche, dit-il. C'est là que nous allons. »

Farin Birni, répéta Banana pour lui-même – la Ville Blanche.

Même le kaptin avait l'air excité.

3

C'était deux nuits plus tôt. Deux nuits seulement, et pourtant, alors qu'il grimpait une autre colline, Ali Banana avait l'impression que cela faisait bien plus longtemps. A la lueur de la lune, il distinguait la silhouette de Danja, devant lui. Le paquetage que portait Danja l'écrasait. De temps à autre, il le remontait sur ses épaules, et en quelques minutes il avait glissé de nouveau.

Était-ce Will, plus loin sur le sentier qui serpentait, ou bien Bloken, en train de voler une gorgée de sa gourde alors que boire en marchant était strictement interdit ? Personne ne savait pourquoi c'était interdit. Certains disaient que c'était mauvais pour l'estomac, d'autres que cela sapait l'endurance. Oui, c'était bien Godiwillin qui prenait en cachette une gorgée de sa gourde en tissu.

Non, rectifia Ali, ce n'était pas Will. Et ça ne pouvait pas être Bloken. Quelque part au fond de sa mémoire, il se revit en train de dépasser Bloken, il y avait une heure de cela, peut-être. Bloken s'était effondré au pied d'un arbre, le visage tendu par la douleur. Banana s'était arrêté une seconde puis, comme les hommes devant lui et ceux qui le suivaient dans la file, il avait continué en silence sur le sentier. Bloken était tombé et personne ne pouvait rien pour lui. Seul Bloken pouvait se sauver lui-même.

Derrière lui, Zololo, qui avait renoncé plus tôt, s'était laissé tomber contre un rocher, puis avait mobilisé toute son énergie pour continuer et rattraper le groupe, poussait assez fort, entre deux respirations sifflantes, des jurons contre les « Thik Hai » en tête de cortège. Les « Thik Hai », c'étaient les Gurkhas. « Thik Hai », qui signifie « d'accord » en hindustani, une langue parlée couramment par les Gurkhas népalais, était leur réponse habituelle, invariable, à toute situation et à tout ce qu'on leur disait, raison pour laquelle les Nigérians avaient commencé à les appeler « Thik Hai ». Dans leurs corps menus – ils étaient minces et petits – ces hommes possédaient la force d'un buffle sauvage. Ils avançaient à grands pas puissants, et si vous étiez assez près d'eux pour observer leurs pieds, vous aviez l'impression qu'un pied sautait déjà avant que l'autre ne touche le sol. Mais il restait peu d'hommes assez proches des Ghurkas pour observer leur façon de marcher. Ils avaient tenu ce rythme toute la journée, sans jamais flancher, sans jamais s'arrêter pour reprendre leur souffle.

La distance était plus grande encore entre le dernier homme de la file et certains de ceux qui s'étaient effondrés d'épuisement total et n'avaient pas pu ou pas voulu continuer. Ces traînards restaient en arrière, livrés à eux-mêmes. Ils ne pouvaient pas se plaindre : il était convenu – on le leur avait répété maintes fois pendant les mois d'entraînement – que pendant une marche, c'était chacun pour soi. S'il fallait qu'un homme tombé soit porté par un autre – qui avait déjà du mal à avancer – les pertes seraient multipliées. On savait depuis la première expédition des Chindits, l'année précédente, que ces hommes qui tombaient et ne pouvaient continuer mouraient souvent non pas d'épuisement ou de faim, mais aux mains des patrouilleurs japonais. Bien qu'ils n'aient pas encore rencontré le moindre Jap, les hommes du convoi savaient qu'il y en avait partout autour d'eux. Les élévations rocheuses et les vallées qu'ils traversaient étaient les collines et les vallées de Haungton, trois cent vingt kilomètres derrière les lignes de front japonaises en Birmanie, et chaque centimètre carré du terrain était tenu par les Japonais. C'était de le savoir qui éperonnait les hommes, même quand leur corps avait presque rendu les armes. C'était la terreur du sort qui les attendait aux mains des Japs qui poussait à se relever ceux qui tombaient et les convainquait d'avancer, en rampant s'il le fallait, jusqu'à rattraper les autres.

L'incendie qui, plus tôt, avait effrayé Banana et l'avait presque incité à s'enfuir, avait cessé de l'inquiéter. Cet incendie n'était pas du tout un incendie, mais un million de lucioles rassemblées en une flamme géante, et elles avaient disparu depuis longtemps. Mais la peur l'habitait toujours. Il ne se souvenait plus de l'excitation qu'il avait éprouvée trois jours plus tôt. Cette impression l'avait quitté, remplacée par une angoisse qui l'engourdissait et lui ôtait presque tous ses moyens.

4

Ce n'était pas ainsi que ça aurait dû se passer. Ils savaient qu'ils devraient marcher, une fois arrivés en Birmanie, mais une telle distance ne faisait pas partie du projet initial. Les événements sur place avaient imposé des changements.

Le vol depuis Hailakandi s'était déroulé sans accroc. Il leur sembla qu'ils avaient à peine percé les nuages qu'ils commençaient leur descente. Les rizières apparurent en contrebas, et bientôt une rivière que le capitaine Gillafsie identifia comme étant le Chindwin.

« Accrochez-vous, les gars, dit-il. La Ville Blanche est là. On est sur le point de se poser. »

Le kaptin avait parlé trop tôt, mais il avait bien fait de leur dire de s'accrocher. Une minute plus tard, à moins d'un kilomètre du sol, le Dakota releva brutalement le nez et remonta, projetant plusieurs sacs et Gillafsie, qui n'avait pas suivi son propre conseil, vers la queue du fuselage. L'avion monta sur mille mètres avant de changer de cap et, tout aussi soudainement, il redescendit. Dix minutes plus tard, ils atterrissaient dans une vallée sur une piste de fortune entourée de *taungs*, des collines anciennes qui avaient l'air d'être tombées du ciel et de s'être écrasées sur le flanc d'autres collines. A l'extrémité de la vallée, et des deux côtés de cette sorte de crevasse, les collines se projetaient l'une vers l'autre, mais sans vraiment se rejoindre au milieu. Elles étaient suspendues au-dessus de la vallée comme un toit mobile entrouvert.

La piste avait tout d'un cimetière d'avions et de planeurs. Partout où ils posaient le regard, il y avait un C-47, comme celui dont ils venaient de se déverser, dont le nez était pris en sandwich entre la roche et la queue de l'appareil, qui oscillait en l'air; un planeur s'était écrasé avec une telle force qu'il s'était plié en deux avant de voler en éclats.

« Plasma? demanda une silhouette sortant de l'obscurité en s'adressant à Bloken qui descendait le premier.

— Non, monsieur, répondit Bloken. Bloken Yahimba – tueur de Japs, monsieur.

— Où est-ce qu'on est? demanda Jamees Show, un sous-officier britannique.

— Aberdeen, aboya la silhouette. Vous avez apporté le plasma?

— Quel plasma? » demanda le samanja Show. Mais l'homme avait déjà continué son chemin.

« Plasma ? Vous avez apporté le plasma ? l'entendirent-ils demander à l'équipage.

— Du sang, expliqua Show à Bloken. C'est un médecin. »

Ils s'étaient posés à Aberdeen, leur dit le kaptin Gillafsie, parce que la Ville Blanche avait été bombardée par les Japs plus tôt dans la nuit, juste avant leur tentative d'atterrissage. Cinq autres Dakotas transportant des membres de leur colonne avaient aussi été déroutés sur Aberdeen. Ils allaient tous passer la nuit là et prendre le chemin de la Ville Blanche aux premières lueurs du jour.

Personne, pas même le samanja Damisa, n'avait envie d'être celui qui demanderait combien de temps il faudrait marcher pour gagner la Ville Blanche. Mais Gillafsie savait qu'ils mouraient tous d'envie de le savoir.

« Ce n'est qu'à vingt-huit kilomètres », leur dit-il.

Dès qu'il fut hors de portée, le samanja Show eut un petit rire amer.

« Ce n'est qu'à vingt-huit kilomètres, répéta-t-il à Banana en anglais, singeant le capitaine d'un ton enjoué. Mais il y a un petit problème – un petit problème en forme de montagne, entre ici et là-bas. »

Le samanja Show s'était joint à eux juste avant leur départ, arrivant à Hailakandi tout droit du Nigeria, où il avait servi en tant que sergent couleur, un rang au-dessus du sergent. Il avait tellement envie de se joindre au Cirque de Wingate que, lorsqu'on avait demandé des sergents volontaires, il avait accepté d'être rétrogradé et il avait signé.

« Un petit quoi tu dis, Jamees ? demanda le samanja Damisa, qui était non loin du samanja Show. Le farabiti Ali pas parler anglais. Lui pas comprendre quoi tu dis.

— Tu comprends pas ? demanda Show au farabiti.

— Petit-petit », répondit Banana. Il avait bien compris ce que le samanja britannique avait dit. Seulement, il ne parlait pas encore la langue. Il entreprit donc de traduire très précisément en hausa les paroles du sergent, mais ajouta qu'il ne savait pas ce que ça voulait dire.

« T'aurais pu m'avoir ! s'exclama le samanja Show en barikanchi – un pidgin de hausa parlé dans les casernes – avant de partir rejoindre son groupe.

— Qu'est-ce qu'il a dit à Banana, le sergent ? demanda Godiwillin – dont le hausa était bon, mais pas aussi bon que celui de Bloken – à Bloken, accroupi près de lui à fourrager dans son paquetage.

— Je crois qu'il a dit qu'il y avait un problème sur la route, lui dit Bloken, qui n'avait pas prêté beaucoup d'attention à la conversation.

— Et quel problème ? s'inquiéta Godiwillin.

— Je sais pas de quelle nature est le problème, dit Bloken, mais c'est quelque part sur une montagne.

— C'est pas le moment de blaguer, rétorqua Godiwillin.

— Mais Will, je blaguais pas, répondit Bloken avec sérieux. Je te dis ce que j'ai entendu. »

Bloken se retourna pour lui dire autre chose, mais Godiwillin s'était déjà éloigné et s'approchait de Zololo en hochant la tête d'un air pensif.

« Qu'est-ce que Dogo a dit ? lui demanda Bloken quand il revint prendre son paquetage.

— Il a dit qu'on ferait bien d'aller dormir un peu, ça va être une putain de marche », lui dit Godiwillin.

Aberdeen était la base d'Entreprise, une de leurs brigades sœurs. Dès qu'ils se retrouvèrent dans le périmètre fermé par une clôture, ils se dépêchèrent tous de chercher une tranchée où dormir. Certains prirent une pelle pour creuser un trou. Quelques courageux, trop épuisés pour creuser, s'abritèrent dans les épaves des Dakotas, sur la piste.

5

Le rassemblement était à quatre heures du matin. Puis, juste après le petit déjeuner, ils partirent, escortés par quatre Gurkhas qui allaient à la Ville Blanche de toute façon, et par trois pisteurs karens, natifs de ces collines de Birmanie.

III

Tokyo

1

Ils avancèrent facilement au début. Ils traversèrent un village et surprirent un groupe de lavandières au bord d'un cours d'eau. Les jeunes filles leur adressèrent un sourire timide avant de s'enfuir dans les rizières dès que les hommes leur sourirent en retour.

Ils s'arrêtèrent pour remplir leurs gourdes. On leur avait dit de ne jamais s'abreuver à l'eau d'une rivière avant qu'un officier, de préférence un médecin, ait certifié qu'elle était potable. Mais comme ils n'avaient pas d'officier médecin avec eux, le samanja Show donna l'autorisation. A quarante ans, le samanja Show était le plus âgé de leur petite troupe.

Un troupeau de buffles aspirait l'onde un peu en aval.

« Si c'est assez bon pour eux, ça doit être assez bon pour nous », déclara le samanja Show. Ce qui parut parfaitement logique à tous.

Dans un autre village, hormis des chiens errants qui

décidèrent de les suivre, tout était curieusement silencieux et rien ne bougeait dans les maisons en teck et en bambous. Bientôt, après un arrêt de dix minutes pour reprendre de l'eau, ils atteignirent un deuxième village déserté, dont l'unique occupant était un Bouddha dans une pagode dorée. La rumeur qui remonta la file des soldats voulait que les pisteurs karens – appelés Burrifs parce qu'ils étaient prêtés par les Burma Rifles, les Fusiliers birmans –, qui menaient devant les Gurkhas, avaient dit que les villages désertés étaient un signe évident que les Japonais étaient venus récemment et pourraient bien être encore dans la zone. C'est cette rumeur, plus que tout, qui déclencha la démoralisation progressive des hommes. Après cela, chaque buisson, chaque rocher dissimulait un sniper japonais et chaque bruit étrange était un coup de feu tiré dans leur direction. Leur paranoïa était contagieuse, et bientôt, même les chiens errants grognèrent de peur chaque fois que les hommes les regardaient pour se rassurer. Quand la plaine céda la place à des collines, quand le soleil émergea dans toute sa férocité, les chiens s'arrêtèrent et regardèrent les hommes d'un air malheureux, mais ils ne poussèrent pas plus loin.

Banana était habitué à un soleil si écrasant que même la terre sur laquelle il posait les pieds le brûlait comme s'il marchait sur des braises. Mais la chaleur de ce soleil était différente de celle qu'il avait connue dans son pays natal. Ce n'était pas juste la chaleur. C'était l'humidité absolue qui l'agressait. Il traversait la forêt la plus dense qu'il avait jamais vue et pourtant pas une feuille ne flottait autour de lui. L'air était immobile, sans un souffle de brise.

Le lourd paquetage dont il était chargé, comme les autres hommes de cette marche, n'arrangeait rien. En plus de la gourde pleine de deux litres d'eau et du havresac pendu à la ceinture avec deux grosses poches pleines de grenades et d'un chargeur Bren, ils portaient chacun un « himalayen », un sac à dos avec armature qui contenait un treillis, un pantalon vert jungle, une paire de brodequins, quatre paires de chaussettes, trois paires de lacets, un gilet et un tricot de corps de rechange, une bouteille de deux litres d'eau, une petite serviette, un savon, une brosse à dents, une pince à ongles, un masque à gaz, une natte de sol, une couverture, une gamelle, un couteau, une fourchette et une cuiller, une tasse en métal, des comprimés pour purifier l'eau, des pansements et du sparadrap, un petit nécessaire de couture, un portefeuille imperméable pour les lettres personnelles, un flacon de mépacrine, de la crème antimoustique, une moustiquaire, un sac contenant cinq jours de rations K et deux mouchoirs orange avec la carte de la Birmanie imprimée de chaque côté, qu'ils pouvaient nouer sur la tête afin de se signaler aux avions alliés qui ainsi pourraient les identifier. Ils portaient en plus un fusil, cinquante cartouches, une baïonnette, un *kukri* ou une machette dans un fourreau, une corde de rappel, un outil pour creuser une tranchée et un couteau à cran d'arrêt. Les officiers et les sous-officiers britanniques avaient aussi une montre, une boussole, des jumelles, une lampe-torche, des cartes, des crayons et des carnets de notes. On donnait à chaque homme 25 roupies en argent à utiliser seulement en cas d'urgence. En résumé, chaque homme charriait un sac pesant plus de trente kilos.

2

A l'approche du crépuscule, l'ordre de s'arrêter vint juste au moment où l'épuisement commençait à les accabler. Les officiers avaient choisi un site suffisamment en hauteur pour repérer des intrus qui approcheraient de n'importe quelle direction, mais pas si haut qu'un bombardier japonais puisse les remarquer. Ils allaient bivouaquer là pour la nuit.

Pendant quelques minutes, ils restèrent tous allongés sur le dos dans l'herbe pour laisser la brise, revenue après le coucher du soleil, les rafraîchir. Ils burent de leurs gourdes puis s'organisèrent pour la tâche peu engageante mais nécessaire du dîner. Les rations de campagne de Type K, ou Rations K comme on les appelait, consistaient en trois sachets dans une boîte. C'était une invention américaine conçue pour nourrir les troupes dans des conditions extrêmes, quand aucun autre aliment n'était disponible. Le menu consistait en une barre de pâte de fruits, de la viande en conserve et un paquet de biscuits qui avaient l'air de feuilles de pâte à papier collées entre elles. Un goût de nourriture pour chats. Le paquet de sucre de raisin purifié – qui n'avait le goût ni de raisin ni de sucre – était répugnant au point que même les mules refusaient d'en manger. Quant à la poudre de limonade, elle était si acide qu'elle eût été plus efficace pour nettoyer les sols que pour étancher la soif. Seul le paquet de quatre cigarettes Camel, Lucky Strike ou Chesterfield qu'on trouvait dans le lot du dîner, considérées comme supérieures aux cigarettes de l'armée britannique et très prisées par les soldats, rendaient supportable l'épreuve du repas.

Mais ce soir-là, on n'autorisa ni feu ni lumière, ni aucune cigarette.

Après le dîner, ils formèrent un périmètre carré et installèrent au milieu leur quartier général, avec le radio, les gars du génie, les officiers et divers spécialistes non combattants. Chaque homme creusa une tranchée et on choisit des sentinelles dans chaque groupe à poster sur les flancs. Ils se glissèrent dans leurs trous en se disant qu'ils avaient parcouru quinze kilomètres ce jour-là et qu'il ne leur en restait que treize pour le lendemain.

La plupart des hommes dormirent toute la nuit, leur peur vaincue par la fatigue, et rêvèrent d'arriver au bout de cette marche. Mais Banana se réveilla au plus petit bruit. Ce n'était pas la peur qui le gardait sur le qui-vive, mais l'énormité de se retrouver enfin en Bimani pour se battre au nom de Lehoua Joj. Il s'était interrogé à haute voix, lors d'un de leurs arrêts, sur ses chances de tomber tôt ou tard sur Yusufu et Iddrisi, ses amis d'enfance, qui eux aussi se trouvaient quelque part ici, en Birmanie. Mais Damisa avait assuré que, si c'était possible, c'était hautement improbable. Il utilisa une carte de la Birmanie d'un de ses mouchoirs orange pour lui montrer.

« La Ville Blanche est là, dit-il, à trois cents kilomètres derrière la première ligne de front japonaise, et la 6e brigade est sur cette colline, quelque part près du front britannique, le nôtre, qui est bien sûr de l'autre côté du front japonais. La Chindwin, qu'on a survolée hier, est la limite entre les deux lignes de front. Pour que Yusufu et Iddrisi te trouvent, il faudrait d'abord qu'ils traversent la Chindwin qui coule de ces montagnes au nord, pas si loin, mais pas si près non plus d'où nous sommes en ce moment, s'il fallait marcher. Et c'est une rivière très puissante, la Chindwin. Elle coule au nord-ouest à travers la vallée du Hukawng, qui grouille de tigres et d'éléphants sauvages, puis elle part au sud le long de la frontière avec l'Inde, où elle se jette dans le grand fleuve Irrawaddy, en Haute-Birmanie. Après avoir franchi la Chindwin ici, où elle touche la frontière indienne, tes amis devraient traverser le front japonais, ce qui serait un bel exploit, puis, en un rien de temps – juste quelques centaines de kilomètres plus tard –, ils arriveraient à la Ville Blanche. Il est plus qu'improbable, Ali, que tu revoies tes amis dans un avenir proche. »

3

Soit parce que leurs corps étaient plus faibles, soit parce que le soleil était plus féroce, le second jour de marche, il leur fallut presque deux heures pour parcourir moins de deux kilomètres. D'autres villages désertés ponctuèrent leur chemin, et une nouvelle meute de chiens errants les adopta puis les abandonna. Le chemin était plus escarpé et, bien que les collines et les vallées d'Inde, où ils s'étaient entraînés, aient été similaires à ce terrain, ils n'eurent pas l'impression que toutes les journées de formation qu'ils avaient endurées leur apportaient grand-chose. A moins que si. Peut-être que le premier homme qui tomba – et il tomba juste après le milieu de la journée – serait tombé bien plus tôt.

Quelques arrêts supplémentaires, des temps de repos plus longs auraient été utiles, bien sûr. Et c'eût été gentil de la part du kaptin Gillafsie de ne pas insister sur le fait qu'ils n'auraient que vingt minutes pour déjeuner au lieu des soixante qu'ils avaient obtenues la veille.

« Quelque chose se prépare, affirma Pash alors qu'ils ouvraient les emballages de leur déjeuner. Si le capitaine dit ça, c'est qu'il se prépare quelque chose.

— Et quoi donc ? demanda Zololo.

— Dans mon village, on a un dicton, répondit Pash la bouche pleine. Un homme ne court pas sur les ronces pour rien ; il pourchasse un serpent, ou un serpent le pourchasse.

— C'est drôle, fit remarquer Zololo, on a le même dicton chez moi, sauf qu'il est un peu différent. Un homme ne court pas tout nu pour rien, on dit ; il pourchasse un serpent, ou un serpent le pourchasse.

— C'est sans doute parce qu'il y a des serpents dans vos deux villages, fit remarquer Banana d'un air songeur.

— Ou peut-être qu'ils courent tous les deux après le même serpent, dit Damisa en se levant. Debout, les gars, on y va. La pause déjeuner est terminée.

— Mais on n'a même pas commencé, se plaignit Guntu.

— Eh bien, dit Pash, tu connais l'histoire du gamin affamé, non ?

— Laquelle ? demanda Danja.

— Un père et son fils marchent dans la jungle, raconta Pash. Une jungle qui ressemble à ici. "J'ai faim, papa", dit le fils à son père. "Quoi ?!" s'étonne le père...

— “Est-ce que tu ne viens pas de manger il y a deux jours ?” » compléta Banana à sa place.

Pash lui lança un regard étonné.

« Me dis pas que toi aussi, tu viens de mon village ! dit-il avec un sourire.

— Je ne crois pas, répondit Banana d’un air perplexe. Tout le monde se connaît à Zaria. Je me serais souvenu de ton visage si je t’avais vu auparavant.

— C’est peut-être le frère que t’as quitté il y a trop longtemps, Ali, dit Danja à Banana.

— Je ne crois pas, dit Banana.

— Alors, où il est ton frère ? demanda Zololo.

— J’en sais rien, répondit Banana d’un air piteux.

— Comment tu connaissais la fin de l’histoire d’Olu ? lui demanda Guntu.

— Il m’a raconté la même histoire il y a une heure quand je lui ai dit que j’avais faim, lui expliqua Banana.

— Je savais pas que tu avais un frère disparu, dit Damisa.

— Je le savais pas non plus », dit Banana de plus en plus confus.

Les yeux de Damisa se plissèrent avec malice.

« Tu plaisantes ? demanda-t-il à Banana.

— Pourquoi est-ce que je plaisanterais sur une question pareille, samanja ? », s’étonna Banana, qui ne savait pas pourquoi les autres riaient de lui. Ils se moquaient de lui depuis plusieurs jours maintenant, et il n'arrivait pas à comprendre ce qu'il y avait soudain de si risible chez lui. Un soir, peu avant de quitter Hailakandi, Bloken avait raconté une histoire sur un homme qui avait perdu une bague chez lui. Après avoir fouillé un moment sans la trouver, l'homme était sorti pour continuer ses recherches. Son voisin lui avait demandé ce qu'il avait perdu.

« "Ma bague, dit l'homme.

— Où tu l'as perdue ?

— Dans la maison.

— Mais alors, pourquoi tu la cherches dehors ?

— Parce qu'il y a plus de lumière ici." »

Les autres avaient éclaté d'un rire qui avait étonné Banana. Il avait attendu impatiemment que les rires meurent avant de se tourner vers Bloken : « Et qu'est-ce qui s'est passé ensuite ?

— Comment ça qu'est-ce qui s'est passé ensuite ?

— Est-ce qu'elle y était ? Est-ce qu'il a retrouvé la bague dehors ? »

Banana avait été complètement décontenancé par les rires gras qui avaient salué son intervention. Il n'avait posé cette question que parce que lui aussi, une fois, avait perdu une bague, une bague appartenant à un client important, à l'époque où il apprenait encore le métier de forgeron. Après l'histoire de Zololo, il se demandait s'il n'aurait pas dû chercher dehors au lieu de passer tout l'après-midi à fouiller dans la forge où il l'avait perdue. Peut-être serait-il encore chez lui, aujourd'hui, non plus apprenti, mais ouvrier gagnant un honnête salaire auprès de son maître qui, en vérité, songeait-il, n'avait pas été un si mauvais homme, après tout. Peut-être que s'il n'avait pas perdu cette bague, il ne serait pas dans cette jungle en route vers un pays étranger plein de gens qui voulaient le tuer.

« Pourquoi est-ce que vous riez tous ? demanda Banana alors que la marche continuait. Samanja, dit-il à Damisa, pourquoi est-ce qu'ils rient tous comme ça ? »

Damisa lui adressa un regard inquiet, mais garda le silence. Il avait remarqué un changement progressif chez Banana pendant cette dernière semaine. Le jeune homme fier qui n'aimait rien tant que le son de sa propre voix déclamant de longs discours n'était plus. A croire qu'il était redevenu un enfant, qu'il avait retiré le masque de celui qui savait tout pour redevenir un gamin innocent de sept ans. Les autres l'avaient remarqué aussi et ils avaient choisi de le transformer en victime inconsciente de leurs blagues.

Mais pour l'instant, Damisa avait d'autres soucis en tête. Il résista à la tentation de dire à Pash qu'ils pourchassaient effectivement un serpent et que le serpent à son tour pourrait bien les pourchasser. C'était pour cette raison qu'ils ne s'étaient pas encore arrêtés pour boire et qu'ils n'avaient eu que si peu de temps pour déjeuner.

Après le rassemblement du matin, juste avant le

petit déjeuner, le kaptin Gillafsie avait contacté par radio le quartier général en Inde. Les signaux étaient irréguliers à cause des collines qui les entouraient, mais il avait réussi à rassembler toutes les informations, en fin de compte. On lui avait appris que l'assaut contre la Ville Blanche, qui les avait empêchés d'atterrir la veille et qui avait été repoussé vigoureusement, avait été relancé toute la nuit. Ça commençait à ressembler à un siège. Aucune raison de s'inquiéter, cependant. La nouvelle transmise par le quartier général qui le rendit nerveux fut que l'ordre de déploiement des troupes japonaises avait été intercepté et que, si Gillafsie et ses hommes pouvaient atteindre Mawlu avant le crépuscule, ils seraient bien placés pour accueillir un convoi de camions japs qui devraient y arriver entre minuit et trois heures et demie du matin. Mawlu était un village à deux kilomètres au sud de la Ville Blanche. Plus inquiétant encore : on avait informé Gillafsie que des éclaireurs karens d'Aberdeen avaient vu, tard la veille au soir, un peloton japonais près d'un des villages que Gillafsie et ses hommes avaient traversés. On pouvait craindre que les Japs soient sur leurs traces.

Gillafsie était confronté à un dilemme : devaient-ils s'en tenir à la route qu'ils avaient choisie et qui les mènerait à Mawlu bien avant le crépuscule, leur laissant tout le temps de mettre en place une embuscade ? Devaient-ils faire demi-tour et surprendre leurs poursuivants ? Devaient-ils continuer vers la Ville Blanche mais prendre une route différente, sans doute plus sûre, mais plus longue ? La route la plus longue n'était qu'un peu plus longue, mais certainement plus difficile à négocier. Elle était parallèle à la piste qu'ils suivaient, trois kilomètres à l'est. Pendant l'Opération Longcloth, l'expédition chindit précédente au cœur du territoire ennemi, cette tactique avait sauvé beaucoup de Chindits des Japonais, quand ceux-ci étaient à leurs trousses. Mais elle avait aussi fait couler le sang : nombre de ceux qui échappèrent aux Japonais succombèrent au dédale rocheux d'une jungle traître.

Gillafsie tint conseil avec les commandants de son groupe. Les éclaireurs karens voulaient rester sur la piste choisie. Ils soulignèrent que si les Japs étaient en effet sur leurs talons, ils avaient au moins une demi-journée de marche de retard, et même s'ils étaient célèbres pour leur endurance, la chaleur qui accablait les Chindits n'épargnerait pas non plus les Japs. Les Japs combattaient bien dans la jungle, il fallait le reconnaître, mais la jungle était aussi jonchée de leurs os. Les Gurkhas furent d'accord, mais voulurent qu'on accélère le rythme de la marche. Le samanja Show, un des commandants du groupe, voulait qu'on informe les hommes de la situation. Cela pourrait les aider à se concentrer, pensait-il. Mais il y avait toujours une certaine rivalité entre les sous-offs britanniques et leurs homologues nigérians qui, naturellement, considérèrent qu'il valait mieux s'abstenir. Ils avaient une bonne raison de s'y opposer : la plupart de leurs hommes devaient encore connaître le baptême du feu, et tant qu'un homme n'avait pas fait ses preuves dans la bataille, personne, pas même l'homme en question, ne pouvait dire s'il utiliserait la peur pour sauver sa vie ou s'il perdrait la vie à cause de cette peur. Apprendre que les Japonais étaient sur leurs talons pourrait les aider à se concentrer, mais cela pourrait aussi les plonger dans la panique.

« Foutaises, dit Show, j'ai passé quatre ans au Nigeria. Je connais ces hommes comme mon frère. »

Le kaptin Gillafsie, qui avait passé les sept premières années de sa vie au Nigeria et y était souvent retourné les dix-neuf années suivantes, ne dit rien.

Gillafsie décida qu'ils continueraient sur la piste prévue à l'origine, qu'il y aurait moins d'arrêts pour se reposer et que la nouvelle devrait rester cachée aux hommes. Mais, par précaution, il envoya aussi un des éclaireurs rebrousser chemin pour leur servir de sentinelle.

4

La pause déjeuner avait fait du bien aux hommes. Ils avaient l'air aussi frais qu'au départ d'Aberdeen, et la jungle commençait à perdre son pouvoir d'effroi. Ils ne voyaient plus un sniper derrière chaque teck, et quand une grosse branche cassait soudain et tombait bruyamment d'un arbre, ils ne cillaient même pas.

Un homme se mit même à siffloter, et on dut lui dire de garder le silence. Il reproduisait le cri bien connu de Tarzan dans *Tarzan l'homme-singe* et *Tarzan et sa compagne*, deux films qu'il avait vus à son cinéma local, le Rex, juste à côté du grand marché du quartier de Sabon Gari, à Kano.

« C'était un sacré majigi ! se souvint Danja avec nostalgie.

— Le premier ou le second ? demanda Guntu.

— Je préfère le second, le premier est barbant », déclara Zololo d'un ton d'une grande autorité. Il savait de quoi il parlait : il avait vu le premier deux fois parce qu'il s'était endormi à la première projection, et le second quatre fois parce qu'il ne s'en lassait pas. Et c'est en grands détails qu'il entreprit de parler de ces *dodon gango* – esprits malins sur le mur –, autre terme populaire pour désigner les distractions fournies quatre soirs par semaine pour un shilling le billet au Rex. Ils parlèrent aussi de leur destination, la forteresse qu'était la Ville Blanche. Et pourquoi, voulait savoir Bloken, l'appelait-on forteresse ?

« Ça vient de la Bible, lui expliqua Godiwillin, du Livre de Zacharie : "Retournez à ma forteresse, captifs pleins d'espérance." C'est là que le général a pris son idée. La devise de la forteresse, dit-il en élevant la voix, c'est...

— On ne se rend pas ! » répondit un chœur de voix.

La forteresse, leur avait-on appris, était un asile pour les Chindits blessés. La forteresse était un entrepôt. La forteresse était une piste d'atterrissage protégée, un centre administratif pour les habitants loyaux et une orbite autour de laquelle circulaient les colonnes de la brigade. La forteresse était aussi une base pour les avions légers appelés en renfort des colonnes sur leurs principaux objectifs. La forteresse était, avant tout, un machan veillant sur un enfant ligoté pour attirer le tigre japonais. La forteresse, en d'autres termes, était un drapeau rouge agité devant un taureau furieux.

« Nous souhaitons, premièrement : rencontrer l'ennemi en terrain découvert et de préférence lors d'une embuscade que nous aurons tendue, avait écrit le Janar dans le manuel secret d'instructions utilisé pour l'entraînement des Chindits. Deuxièmement : contraindre l'ennemi à nous attaquer seulement dans nos forteresses bien défendues. Ensuite, pour assurer notre avantage et parce que l'ennemi sera supérieur en nombre dans notre secteur, nous choisirons pour nos forteresses des zones inaccessibles à des transports sur roues. Nous imposerons notre volonté à l'ennemi. »

En marchant, les hommes parlèrent de ci, de ça, et de ça et d'autre chose. Puis, peu à peu, ils se turent et il ne resta plus que le son de leur respiration pénible. La façon dont la fatigue s'était insidieusement imposée à eux était étrange ; ils avaient l'impression qu'ils pourraient marcher indéfiniment et, tout à coup, ils ne voulaient plus qu'une chose : s'asseoir, juste s'asseoir quelques secondes, juste quelques secondes, samanja !

Puis le soleil sortit, et avec lui la chaleur s'intensifia au point qu'il fut impossible de respirer et que les hommes commencèrent à s'écrouler. Heureusement pour ceux qui, comme Zololo, étaient tombés et avaient rassemblé leurs forces pour continuer, la progression de la colonne s'était ralentie à un rythme d'escargot et ils avaient pu la rattraper.

Peu après que Banana avait connu son moment de

terreur à cause des lucioles, il commença à hurler de douleur en silence et à se demander s'il allait arriver au bout. Zololo était presque muet, mais de temps à autre il retrouvait sa voix et maudissait de tout cœur les Gurkhas qui menaient la colonne. Le samanja Show poussait lui aussi des jurons. Merde ! Banana l'entendait-il protester. Merde !

Banana était bien d'accord avec lui, mais il était trop faible pour joindre sa voix au cœur des jurons. De toute façon, jurer, ce n'était pas son style. Il entendit une autre voix familière et leva les yeux. C'était le kaptin Gillafsie, un peu plus loin devant lui, qui remontait la colonne et allait d'un homme à l'autre pour l'encourager à avancer. C'était la première fois que Banana posait les yeux sur le kaptin depuis que ce dernier avait quitté sa place derrière Banana, peu après l'épisode des lucioles, pour rejoindre la tête de la colonne.

Damisa reparut lui aussi. Il était parti peu après le kaptin, mais pour rebrousser chemin. « Je reviens bientôt, avait-il murmuré à Banana. Si quelqu'un demande après moi, dis que je me suis arrêté pour un besoin naturel ! »

En fait, il allait chercher Bloken, Guntu, Danja et les autres, qui s'étaient effondrés sur les talus. Trop d'hommes avaient abandonné et Damisa était convaincu qu'il pourrait convaincre un ou deux égarés de se relever. Et il était de retour. Banana ne lui demanda pas s'il avait réussi. Il était revenu seul. Ça en disait long.

« Quelle heure est-il ? demanda Banana. Il doit être minuit, ou plus.

— Au Nigeria, oui. Ici, en Birmanie, il n'est que seize heures, ironisa le samanja Show. Mais tu as raison. On a vraiment l'impression qu'il est minuit – demain.

— Mais la lune, samanja, la lune..., dit faiblement Banana en montrant le ciel du doigt.

— Quelle lune ? » demanda Zololo, qui commençait à s'étouffer de rire malgré tout.

Ce que Banana avait pris pour un clair de lune était en fait un assombrissement inattendu du ciel. Les nuages avaient commencé à se rassembler peu avant l'incident des lucioles flamboyantes.

Quelques minutes plus tard, un éclair zébra les collines et quand la pluie, puissante, tonitruante, se mit à tomber, un profond soupir de soulagement parcourut la file des soldats. La marche s'arrêta et les hommes détachèrent leur paquetage, soulageant leur dos avant de s'asseoir sous l'averse, souriant bêtement, heureux comme des enfants.

La pluie dura un quart d'heure, puis ce ne fut plus qu'une bruine, et le soleil revint, toujours violent, brûlant. Mais la chaleur n'avait plus autant d'ascendant sur eux. Et peu importait que leurs paquetages soient devenus deux fois plus lourds ; quand ils repartirent, ils avaient retrouvé le moral et cela se vit à leur allure.

Deux heures plus tard, quand apparut au loin le village de Mawlu, tous ceux qui étaient restés en arrière avaient rejoint le peloton en marche.

5

A quatre heures du matin, il n'y avait toujours aucun signe du convoi japonais. Fusils, Brens, grenades Mills et armes antichars Piat à l'épaule, prêts à tirer, les Chindits étaient allongés, agenouillés, debout ou assis, mais toujours dissimulés le long de la route de Mawlu. Le village lui-même était à moins de deux kilomètres au nord. Derrière eux, une voie ferrée courait, parallèle à la route. Pas un seul train n'était passé depuis que Gillafsie et ses hommes étaient arrivés là, plus de dix heures plus tôt. Et même s'il en était passé un derrière eux, les broussailles et les arbres sur les rochers dominant la route en contrebas les auraient rendus invisibles à l'œil nu.

Pour l'embuscade, Gillafsie avait choisi un endroit où la route montait sur un tertre pendant une cinquantaine de mètres en venant du sud, puis s'incurvait pour redescendre sur cinquante mètres de plus, avant de prendre un tournant en épingle à cheveux vers le nord. Leur cible devait arriver par le sud, mais peu importait de quelle direction elle viendrait. Les véhicules qui approcheraient seraient contraints de ralentir pour négocier la pente. Gillafsie avait choisi ses meilleurs hommes pour le groupe d'attaque. Ils étaient placés au plus près du point de contact prévu avec le convoi attendu. Damisa et Zololo faisaient partie de ce groupe d'attaque. Plantés à divers points plus haut et plus à l'arrière, d'autres hommes devaient les couvrir. Ce deuxième groupe, aussi crucial que le premier, était commandé par le samanja Show, dont on disait qu'il était un tireur d'élite. Les ordres étaient de n'ouvrir le feu que lorsque l'ennemi commencerait à fuir et que le groupe d'attaque serait contraint de sortir et de s'exposer pour poursuivre l'ennemi. Les muletiers, leurs mules et deux des radios montaient la garde à plusieurs centaines de mètres, cachés derrière un bosquet de bambous, surveillant l'arrière et censés envoyer un signal précis s'ils voyaient quoi que ce soit de suspect.

Banana se retrouva allongé près d'Aluwong, un gamin d'environ dix-neuf ans qui appartenait à un autre groupe. Aluwong était de Kagoro, un petit village entouré de collines râpées près de la ville minière de Jos. Banana l'avait remarqué quelquefois à la base, en Inde, mais leurs chemins ne s'étaient pas croisés avant ce jour-là. Entre eux, une boîte de grenades semblables, ils le remarquèrent tous les deux, à un panier d'oignons. Ils devaient piocher dans le lot dès que le groupe d'attaque ouvrirait le feu et lancer des grenades sur tout ce qui ressemblait à un ennemi respirant encore.

Les hommes avaient reçu l'ordre impératif de ne pas ouvrir le feu, de ne pas faire le moindre mouvement, même si l'ennemi apparaissait et approchait de leur cachette, jusqu'à ce que le kaptin Gillafsie indique par un signal que tout homme ayant une cible en vue devait tirer. Le signal serait donné par le pistolet Very à un coup et chargé par la culasse. Il projetterait en l'air une cartouche jaune qui illuminerait brièvement le ciel nocturne.

6

Après les dernières instructions données à la colonne par le kaptin et juste avant qu'ils se mettent en position, la section D se réunit.

« Ne tirez pas trop haut », dit Damisa. Il ne faisait que leur rappeler ce qu'ils savaient déjà, ce qu'ils avaient passé des mois à vivre et à respirer pendant l'entraînement. Mais à l'exception de Zololo, ils étaient tous des enfants, à ses yeux, et ça ne leur ferait pas de mal qu'on leur rappelle certaines choses.

« Quoi que vous fassiez, répéta-t-il, ne tirez pas trop haut. Choisissez votre cible avec soin. Si quelqu'un d'autre placé plus près l'a déjà en joue, choisissez une autre cible. Ne tirez pas tous sur la même cible.

— Sauf bien sûr s'il n'y a qu'un Jap en vue... » dit Danja.

Mais personne ne rit et, au bout d'un moment, son rire lui causa de l'embarras.

Guntu voulut que le groupe prie ensemble, mais Damisa refusa. Ils n'avaient pas le temps.

« Prie tout seul, dit-il, mais souviens-toi des paroles du Prophète : "Fie-toi à Dieu, mais attache bien ton chameau." »

Bloken pria en serrant entre ses doigts les amulettes qu'il portait au cou dans un sac en cuir. L'une d'entre elles le rendait intouchable par les balles. Une autre le rendait invisible à l'ennemi. Une autre encore l'assurait de ne pas rater ses tirs.

C'était près de cinq heures plus tôt, et il n'y avait toujours pas trace de l'ennemi.

7

Banana et Aluwong furent les premiers à sentir un tremblement presque imperceptible du sol sous eux. Ils écoutèrent attentivement, mais n'entendirent rien que le souffle discret des hommes qui les entouraient. Quelques instants plus tard, ils perçurent à nouveau ce tremblement. Ils se regardèrent et décidèrent de risquer une sévère réprimande du commandement. Aluwong donna un coup de coude à Banana pour lui indiquer la position de Gillafsie.

« Non, murmura Banana, dis-lui, toi, au kaptin. »

Mais ce n'était pas parce qu'Aluwong avait peur de parler au kaptin qu'il avait passé la tâche à son voisin.

« T'es le plus proche de lui ! » murmura-t-il, farouche.

Banana entendait son cœur frapper contre ses côtes en se préparant à parler.

Pensant en hausa, il éleva un peu la voix et cria au kaptin : « C'est eux, monsieur », et se rendit compte avec horreur que ces mots étaient sortis de sa bouche dans une langue qu'il croyait ne pas connaître. Il avait parlé anglais.

Au début, personne n'entendit rien qui corroborât les dires de Banana. A peine trois minutes plus tard, un sourd grondement de moteurs venant du sud arriva jusqu'à leurs oreilles. Le peloton avait été silencieux jusqu'ici, mais là, tous les hommes furent soudain si immobiles que le bourdonnement d'un moustique qui cherchait sa proie parut presque aussi puissant que le bruit des camions qui approchaient. Ils respiraient à peine, mais ils étaient calmes, patients même, heureux de retenir leurs mains jusqu'à ce que le kaptin donne l'ordre.

Bientôt, un camion apparut au sommet du premier monticule et, alors qu'il descendait lentement, un deuxième arriva derrière lui, puis un troisième. Les camions progressaient sans lumières et l'obscurité était si dense qu'il était impossible pour les hommes de voir à plus de quelques mètres. Chaque nouveau camion se manifestait par le grondement de son moteur et les chocs brutaux des changements de vitesse quand ils montaient ou descendaient les collines. Des voix japonaises qui murmuraient ou parlaient fort se mêlaient aux moteurs dans les oreilles des hommes. Au moment où le premier camion s'apprêtait à négocier la courbe nord, un quatrième apparut à l'arrière. Les coups de feu commencèrent à l'instant où la fusée sortit du pistolet de Gillafsie. Dans le noir de poix, chaque homme et son arme faisaient soudain partie de l'équipe d'attaque. Les balles des tirs en succession rapide déchiraient le métal. Le camion de tête et celui de l'arrière furent les premiers à exploser. Une boule de feu illumina la nuit. Brièvement, avant que l'explosion retombe, ils virent le visage des hommes qu'ils tuaient. Ces visages, trop bien éclairés par les langues de flammes qui s'échappaient du brasier, étaient tordus de rage ou de peur.

Une bombe égarée fila au-delà des camions et se désintégra en plusieurs bombes plus petites. En heurtant un arbre comme une hache à mille lames, elle découpa le tronc épais en plusieurs rondelles et fit jaillir le haut de l'arbre, qui retomba dans le sous-bois avec sa couronne de branches cassées. L'odeur de caoutchouc et de bois brûlés se mêlait dans leurs narines à celle de la chair grillée. L'embuscade n'avait pas duré plus de cinq minutes, mais il en fallut quelques-unes encore avant que s'apaisent le bruit des armes de plus petit calibre et l'explosion des grenades. Bientôt, les gémissements et les cris venant des camions se turent aussi.

Il était impossible de savoir s'ils avaient touché tous les Japonais. Ils savaient qu'ils avaient atteint les quatre camions, mais la nuit était si sombre qu'elle leur évoquait un mur d'acier noir qui se serait élevé entre eux et la route en contrebas.

Une des choses que les Britanniques avaient apprise de leurs amères expériences, c'était que, s'il y avait des survivants, ils resteraient à proximité de l'embuscade. Les soldats britanniques qui survivaient à une embuscade laissaient parler leurs pieds et filaient aussi vite qu'ils le pouvaient. Les Japonais n'en faisaient rien. Ils se cachaient au contraire dans la végétation la plus proche, s'y enfouissaient et patientaient le temps qu'il fallait pour qu'un soldat ennemi passe à portée de fusil ou qu'ils soient débusqués.

Gillafsie décida qu'ils devraient attendre l'aube avant d'inspecter les dégâts qu'ils avaient causés. Il n'y eut pas de cris de joie, pas d'exclamations de victoire. Aucun sentiment quelconque non plus pour ceux qu'ils avaient tués : ils étaient trop fatigués. Ils ne pensaient qu'à dormir. En silence, ils entreprirent de former un périmètre entre la voie ferrée et la route. Ils creusèrent des tranchées, et bien qu'il fût près de cinq heures du matin et que l'aube fût proche, ceux qui n'étaient pas désignés pour monter la garde s'endormirent dès qu'ils se glissèrent dans leur trou.

8

Banana et Aluwong partageaient une tranchée, et en s'enfonçant dans un sommeil profond, Banana se rendit compte qu'il ne se souvenait plus du nom d'Aluwong. Il nota qu'il devrait poser la question à Damisa dès le matin.

Moins d'une heure plus tard, il fut réveillé brutalement par le tir sec et rapide d'un Bren. Banana jaillit comme propulsé par un ressort, prit son fusil, vérifia qu'il était chargé et regarda hors de son trou. Une quarantaine de paires d'yeux exorbités étaient rivés sur ce qui se passait. Des jurons furieux suivis d'un rire d'excuse sortirent du flanc est du périmètre. Banana se replia dans sa tranchée et posa une main sur son front pour apaiser la douleur soudaine qui menaçait de le transpercer.

Il ne découvrit pas ce qui avait déclenché le tir, et cela ne l'intéressa pas immédiatement. Ce n'est que plus tard dans la matinée qu'on lui dit que c'était à cause du retour de Ko Ye, le pisteur karen à qui le kaptin avait fait rebrousser chemin vers Aberdeen et qui les avait rejoints. Ko Ye était revenu jusqu'à la forteresse sans avoir trouvé aucun signe du peloton japonais qu'il était parti chercher. Marchant seul, mais toujours chargé de son paquetage, le chemin jusqu'à Aberdeen et retour à la Ville Blanche lui avaient pris quinze heures. A son arrivée près de Mawlu, il lui avait fallu un moment pour trouver le peloton, mais quand il comprit où ils étaient tous, ils étaient déjà prêts à accueillir le convoi. Afin de ne pas être pris pour un Jap et abattu par un allié, il avait creusé un trou à un kilomètre d'eux environ et avait assisté à l'embuscade. Il avait attendu qu'il fasse jour avant de gagner le périmètre. Le coup de feu qu'ils avaient entendu avait été tiré par l'arme d'une sentinelle épuisée et trop zélée qui ne l'avait pas entendu approcher. Heureusement pour lui, mis à part sa colère et les quelques égratignures qu'il s'était faites en plongeant à couvert, il était – comme disaient les Ghurkhas – « *thik hai,* Johnny ».

« C'est pas pour ça que le samanja Grace a tiré, dit Aluwong, qui avait appris l'histoire de Godiwillin qui l'avait apprise de Pash qui prétendait l'avoir apprise de Ko Ye en personne. Grace a tiré parce que, quand il lui a demandé le mot de passe, Ko ne s'en souvenait pas.

— Qui te l'a dit ? demanda Banana.

— C'est Grace en personne qui me l'a dit. C'est le commandant de mon groupe.

— J'ai entendu dire, intervint Guntu, que Grace l'a pris pour un autochtone ennemi parce qu'il ne portait pas son uniforme quand il s'est approché du périmètre. Ce type a autant de vies qu'un chat. Il lui est arrivé la même chose à Aberdeen.

— Qui te l'a dit ? demanda Aluwong.

— Je viens d'entendre le kaptin et le samanja Damisa discuter de l'incident. »

A cet instant, Ko Ye apparut au loin, les yeux rouges et épuisé, comme tous les autres, et comme tous les autres, il portait son uniforme.

« Il portait pas son uniforme quand il est parti hier, déclara Guntu en s'éloignant, non sans un regard réprobateur à l'uniforme de l'armée britannique de Ko Ye, comme si cet homme l'avait personnellement contredit.

— Combien est-ce qu'il peut bien y en avoir, là-dedans ? » demanda Aluwong. Ils étaient en rang au bord du périmètre et ils regardaient en contrebas les camions empilés les uns sur les autres, percés d'énormes trous et pleins de cadavres.

« Le samanja Damisa a compté trente-cinq paires de brodequins. Des soldats ont explosé à partir de la taille, mais leurs pieds étaient encore chaussés.

— Pauvres types. Je me demande ce qu'on va faire de leurs godasses.

— On va les brûler tous, et leurs godasses avec, quand l'équipe de nettoyeurs reviendra de la jungle avec les autres corps.

— Le samanja Damisa a dit que certains avaient des dents en or, fit remarquer Banana sans quitter des yeux les cadavres entremêlés.

— Qu'est-ce qui lui a pris de regarder dans la bouche d'un mort ? Qu'est-ce qu'il croyait trouver là ?

— Il est descendu avec dix hommes. Ils cherchaient des trucs qui pourraient être utiles à nos services de renseignements en Inde.

— Comment est-ce qu'ils savaient quoi chercher ?

— Ils ne savaient pas. Ils se sont contentés de ramasser tout ce qu'il y avait – carnets et journaux intimes, en particulier – et ils ont tout envoyé au Renseignement. Il y en avait un qui portait une épée de samouraï.

— C'est quoi ?

— Une épée, expliqua Banana en bâillant. Tu crois qu'on les a tous tués ? » demanda-t-il à Aluwong.

Pendant un instant, Aluwong eut l'air perdu. « Avec les nanas tu veux dire ? demanda-t-il en faisant allusion aux grenades Mills en fonte, qui ressemblaient à des ananas.

— Oui. Tes nanas en ont eu ?

— J'en sais rien, avoua Aluwong en se frottant les yeux. J'ai juste tiré la goupille et je les ai jetées aussi vite que j'ai pu. Après, j'avais trop peur pour regarder.

— C'est drôle ce qu'elles peuvent faire, ces nanas, dit Banana après un long silence en cachant ses mains qui avaient commencé à trembler.

— Cet endroit me rappelle mon village, dit Aluwong. Les rochers, les bambous, les cactus. Ça me rappelle Kagoro. Ça ne me surprendrait pas qu'il y ait aussi des manguiers par ici. Seigneur, qu'est-ce que j'aimerais manger une mangue !

— Et qu'est-ce que j'aimerais dormir toute la journée !

— Moi aussi. C'est la première chose que je ferai, quand on arrivera à la Ville Blanche. Je vais me creuser un joli gros trou dans la terre, étendre ma natte et m'étirer comme un prince.

— Je sais, tu me l'as déjà dit hier, fit remarquer Banana. J'allais poser la question au samanja quand je le verrais, pour ne pas devoir te le demander encore, mais j'ai oublié. Le samanja, tu comprends...

— Quel samanja ?

— Le samanja Damisa. Il n'oublie jamais un nom. Dis-moi, Aluwong, comment tu t'appelles ? *Sunan ka y bace mini* », dit-il – ton nom échappe à ma mémoire.

Les mains de Banana avaient cessé de trembler. Il attendit qu'Aluwong réponde à sa question, mais Aluwong se contenta de le regarder fixement. Puis Banana se rendit compte de la raison de son silence. « Aluwong, bien sûr, murmura Banana.

— C'est drôle, dit Aluwong avant d'y réfléchir un

instant. C'est très drôle », répéta-t-il. Mais il ne rit pas. Il était trop fatigué et l'effort eût été disproportionné. Mais il trouvait vraiment ça drôle, sans trop savoir pourquoi.

« Tu n'imagines pas les choses étranges qui me sont arrivées récemment, dit Banana. Pendant la marche, hier, par exemple, quand il y a eu ces lucioles... »

Mais l'esprit d'Aluwong était passé à autre chose et il n'écoutait pas Banana. « J'ai oublié de prendre ma mépacrine, hier... » commença-t-il.

Il ne termina pas sa phrase. Un barrage de Brens, de fusils, de grenades et de mitraillettes japonaises éclata dans la jungle de l'autre côté de la route. Tandis qu'ils tombaient à plat ventre, des balles perdues fusant près de leur tête, Banana se tourna vers Aluwong pour lui demander s'il pensait que les armes japonaises qui leur tiraient dessus avec une telle fougue étaient les féroces Nambu, dont on leur avait conseillé de se méfier et qu'on leur avait même appris à utiliser. Aluwong gisait immobile, la joue droite enfouie dans l'herbe, les yeux grands ouverts en une expression de légère surprise, un trou dans le front crachant du sang et des bouts de cervelle. Les balles sifflaient toujours autour d'eux. Aplati au sol, Banana glissa loin du périmètre, le visage collé à la terre, et alla en rampant se mettre à l'abri dans sa tranchée.

9

Il avait tout juste atteint son trou quand il entendit la voix de Damisa aboyer : « Viens, Ali, l'équipe de nettoyage a besoin de soutien. »

Il ne pouvait feindre de ne pas avoir entendu. Le samanja le toisait, totalement oublieux, semblait-il, des balles qui sifflaient autour d'eux.

Le corps d'Aluwong gisait où il était tombé. Quelqu'un l'avait recouvert d'une natte.

« Prends ta machette, ordonna Damisa en regardant Aluwong d'un air sombre mais sans commenter. Elle pourrait te servir. Et ta baïonnette aussi.

— *Hankali* », leur cria à tous le samanja Show – soyez prudents.

Quelques minutes plus tard, Banana et cinq autres gars suivaient le samanja sur la route. Une main sur le nez, ils passèrent très vite près des camions. Le silence était étrange, soudain. Les tirs avaient cessé.

Ils passèrent devant un teck sur lequel on avait gravé peu de temps auparavant :

TOKYO 4 755 KM

A la lisière de la jungle, ils tombèrent sur Zololo et Bloken soutenant Pash qui boitillait entre eux.

« Les Japs m'ont eu au genou avec un Nambu, s'excusa-t-il presque. Mais c'est rien qu'une égratignure. Dogo a eu le type avant qu'il puisse faire pire. »

Il insista : il pouvait regagner seul le périmètre. Mais quand il tenta de se tenir debout sans appui, il tomba. Bloken brandit une flasque de rhum et l'inclina dans la bouche de Pash. Les yeux de Pash s'éclairèrent dès qu'il en but une gorgée. C'était exactement le genre de remontant dont il avait besoin, dit-il en inhalant une pleine poitrine de fumée de la cigarette que Zololo venait de placer entre ses lèvres.

« Si on fait un tel foin pour un homme qu'a une égratignure au genou, dit-il, on pourrait aussi bien y retourner et demander aux Japs d'en rajouter. » Le rhum lui avait fait un bien fou. Accroché à l'épaule d'un Gurkha, il revint vers le périmètre, le visage rayonnant de sueur et de ravissement.

« Kofur Un-par-un, l'interpella Zololo.

— Oui, Dogo ? demanda Pash en se retournant.

— Fais attention à ce genou. Marche pas trop vite. » Il était évident pour tous que, malgré ce qu'il prétendait, Pash souffrait beaucoup.

« La jungle grouille de Japs, dit Zololo en entrant dans la forêt, mais je crois qu'on les a presque tous eus. »

Les tirs recommencèrent à deux cents mètres à l'ouest. Puis ils cessèrent. « Ça doit être Danja et Will. Je vais voir s'ils vont bien. Continuez. Grace est là-bas, sur la droite avec le samanja Ko et le Thik Hai. »

Zololo partit à l'ouest, suivi de Bloken, et les autres prirent la direction de l'est. Ils avaient à peine parcouru cinquante mètres qu'ils tombèrent sur Grace et les Gurkhas.

« Un homme en surpasse un autre, mais aucun homme ne surpasse Dieu. L'occasion ne se présente qu'une fois, dit Grace en se frappant la poitrine. Tous les voisins d'un homme riche sont ses cousins, mais le frère d'un pauvre ne le reconnaît même pas », déclara-t-il.

Il n'avait pas encore terminé.

« Méfiez-vous des femmes vénales, conseilla-t-il solennellement. Souvenez-vous toujours qu'aucun statut n'est permanent. La chance ne passe qu'une fois. Un bon conseil ne nourrit pas une famille affamée. Méfiez-vous des putains et de trop nombreux amis. Ne faites jamais confiance à ceux qui disent vous aimer. L'argent est dur à gagner, mais facile à dépenser. L'ambition est le dernier refuge de l'échec. L'amour forcé n'est pas de l'amour. Les ennuis ne s'annoncent pas au son des cloches. »

Il exécuta une danse guerrière, son *adda* – une machette affûtée comme un rasoir – dégoulinant de sang frais.

Les Gurkhas le regardaient, stupéfaits.

« Ils étaient trois, dit un des Gurkhas dont le *kukri* portait aussi la preuve rouge et humide d'une utilisation récente. On peut laisser leurs cadavres là ? Grace a dit que le capitaine voulait qu'on les ramène tous aux camions.

— Peu importe où ils sont. Le kaptin veut juste savoir combien y en a », dit Damisa au Gurkha dans un mélange torturé de mauvais anglais, d'hindustani et de gurkhali.

Ils entendirent la voix de Zololo qui sortait des broussailles. Puis celle de Danja. Zololo riait de quelque chose qu'avait dit Danja. Vos gueules, espèce d'idiots ! cria Banana dans sa tête, craignant que le samanja l'envoie découvrir ce qui les amusait tant. Mais le bavardage et le rire de Zololo parurent rassurer Damisa : tout était sous contrôle. Il dit qu'ils devraient retourner dans le périmètre, maintenant, avec les Gurkhas et Grace. Il était presque neuf heures et le kaptin Gillafsie voulait arriver à la Ville Blanche avant midi.

Ko affirma que les Japs étaient des salopards vicieux : ils voulaient tous mourir, mais pas avant de vous tuer d'abord. Le seul moyen de s'assurer qu'ils étaient bien morts, même après leur avoir tiré dessus, c'était de les transpercer de votre baïonnette. Le samanja Grace ne cessait de s'excuser auprès de Ko Ye d'avoir failli le tuer. Banana se souvint qu'Aluwong avait dit que Grace était le commandant de son groupe. Il se demanda s'il savait, pour Aluwong. Il allait lui apprendre la nouvelle au moment où ils sortaient de la végétation pour traverser la route, quand ils entendirent une série rapide de fortes explosions derrière eux, suivie par un cri d'angoisse. Quand ils ressortirent de derrière les arbres où ils s'étaient réfugiés, une apparition noire tituba vers eux. C'était Bloken, le visage et l'uniforme couverts de sang et de lambeaux de chair. Quelques secondes plus tard, Danja et Godiwillin arrivèrent derrière lui. Eux aussi étaient éclaboussés de sang.

« Où est Dogo ? leur demanda Damisa.

— Dogo est mort, sergent », dit Bloken.

Damisa plissa les yeux, l'air troublé. « Mais je l'ai entendu rire il y a une minute, dit-il.

— Dogo est mort, répéta Bloken en retirant un bout de chair de son crâne rasé.

— S'il est mort, insista Damisa, où est son corps ?

— Il y avait rien à rapporter, dit Godiwillin. On passait près d'un Jap mort – on croyait que ce salaud était mort – quand il a explosé tout à coup. Ce sale fils d'assistante devait être bardé de grenades. Il a dû nous voir venir, et il a retiré toutes les goupilles et s'est couché sur les grenades. Dogo venait de l'enjamber quand tout a explosé, et on a plongé au sol. Quand on s'est relevés, il restait rien du Jap. Et il restait rien non plus de Dogo. »

Soudain écrasé de fatigue, Damisa s'appuya à un arbre. Il n'avait que vingt-six ans ; aux yeux de Banana, il s'était toujours comporté comme un homme deux fois plus vieux. Mais en posant ainsi la tête contre le tronc du teck, il lui fit l'impression d'un petit garçon perdu.

« Allez-y, leur ordonna-t-il à tous. J'ai besoin de rester un moment seul. Il faut que je réfléchisse. »

Tandis qu'ils s'éloignaient lentement, il cria : « Bloken, comment va ta tête ?

— Ma tête va bien, répondit Bloken. Je suis juste un peu secoué, c'est tout. J'irai mieux quand je me serai lavé.

— On prendra la route de la Ville Blanche dans moins d'une heure, leur dit Damisa. Bloken et Pash ne porteront rien. Divisez leur paquetage entre vous. N'ayez pas l'air aussi inquiets, les gars. La Ville Blanche est tout près. A une heure de marche au plus.

— Mais je peux porter mon paquetage, samanja, protesta Bloken.

— Je sais que tu le peux, dit Damisa, mais je crois que tu as une commotion. Il faut que tu te ménages jusqu'à ce que le doc t'examine, quand on sera dans la forteresse. Toi, Ali, va chercher le lance-flammes. Dis à Guntu de t'aider. Il faut qu'on brûle ces corps dans les camions, avant de partir. »

Banana partit chercher le lance-flammes, mais Damisa l'arrêta.

« Dis à Guntu de t'aider, répéta le samanja avant de se souvenir d'autre chose. Le genou de Pash avait l'air très mal en point, dit-il à Danja et Godiwillin. Il faut des béquilles. Oublie le lance-flammes, dit-il en revenant à Banana. Le samanja Show et son groupe s'occuperont des Janpani morts. Va plutôt trouver un endroit adéquat dans le périmètre et creuse une tombe pour Aluwong. Demande à Guntu de t'aider. »

Quand le samanja eut fini de parler, Banana se tourna vers Grace pour voir sa réaction à la nouvelle de la mort d'Aluwong. Mais le visage de Grace ne trahit rien. Il n'était pas sorti de sa transe.

Ils laissèrent Damisa près de son arbre et regagnèrent le périmètre. Grace, revenant peu à peu sur terre, dit que la route avait été longue et que plus tôt ils seraient dans la Ville Blanche, mieux ce serait. Il le dit en pidgin et les Gurkhas ne le comprirent pas. Ko Ye annonça qu'il avait entendu des bruits de violents combats le matin, en direction de la Ville Blanche. Bloken avait un tel mal de tête qu'il ne pouvait pas dire grand-chose.

Le samanja Grace continuait à parler de son désir de partir pour la Ville Blanche quand il s'arrêta brusquement et qu'un nuage passa sur son visage. Il saisit Banana par le cou.

« Pourquoi est-ce qu'Aluwong a besoin d'une tombe ? » demanda-t-il en hausa. Il venait seulement de comprendre la dernière instruction de Damisa à Banana.

« Vous m'étranglez, samanja, dit Banana qui avait du mal à respirer.

— Désolé, farabiti. Je ne voulais pas, dit-il en lâchant Banana avant de lui demander d'une voix sourde : Où est-il ?

— Dans le périmètre, monsieur. Je suis désolé, samanja. J'allais vous le dire. »

Mais Grace ne l'entendit pas. Il courait déjà vers le périmètre.

Les autres ne dirent rien et ne changèrent pas l'allure de leur marche. Banana crut voir des vautours planer au-dessus d'eux, mais il commençait à se méfier des choses qu'il croyait voir et qui n'étaient pas ce qu'il pensait. Il se tourna donc vers Bloken pour l'interroger. « Est-ce que ce sont des vautours, là-haut ?

— Oui, dit une voix derrière lui. Ils font le ménage. »

C'était Damisa. Il les avait rejoints.

« J'y suis retourné et j'ai trouvé ça, dit-il. Maintenant, on a quelque chose à enterrer. »

Il tenait un casque percé d'un trou gros comme le

poing. Pendant un instant, quand le samanja présenta le casque noirci devant le soleil matinal, Banana crut que tout cela n'avait été qu'un cauchemar, qu'il venait de se réveiller. Zololo était là avec eux pour regagner le périmètre et bientôt, tous ensemble, ils allaient se retrouver dans la Ville Blanche.

« Dogo, dit-il dans un souffle, je te croyais mort.

— Je le suis, je le suis, répondit Zololo avec une certaine impatience. Qu'est-ce que Damisa tient dans ses mains ?

— Ton casque, dit Banana. Tu ne le reconnais pas ?

— C'est pas mon casque, répondit Zololo. Dis-lui que c'est pas le mien.

— C'est le casque de qui, si c'est pas le tien ?

— Celui du Jap.

— Et où est donc ton casque ?

— Juste ici, sur ma tête », dit Zololo.

Et il y était. Le casque du farabiti Zololo était bien là, sur sa tête.

« Ali », appela quelqu'un derrière lui.

Il se retourna et vit Aluwong qui le rattrapait.

« Qu'est-ce qu'il fait, le samanja Grace, là-bas ? demanda Aluwong.

— Il creuse ta tombe, lui dit Banana.

— Oh », dit Aluwong sans que cela l'intéresse outre mesure.

Ils s'arrêtèrent devant l'inscription donnant la distance jusqu'à Tokyo.

« Tokyo ou chez nous, Dogo ? demanda Aluwong à Zololo.

— Chez nous, répondit Zololo.

— Pourquoi pas Tokyo, Dogo ?

— Ce fils d'assistante de Jap n'a probablement aucune envie de nous y voir, tu crois pas ?

— T'as sans doute raison, Dogo. Mais j'ai toujours rêvé d'aller à Tokyo. J'ai toujours rêvé d'aller à Tokyo et à New York. La prochaine fois, peut-être. Rentrons chez nous, Dogo. »

Il n'y eut pas d'adieux larmoyants, juste un salut bref et protocolaire, et ils partirent en direction d'Aberdeen, petite brigade de deux hommes qui chantaient comme dans un stade de foot.

Je m'rappelle quand j'étais soda,
Je m'rappelle quand j'étais soda,
Je m'rappelle quand j'étais soda,
Je m'rappelle quand j'étais soda,

Youpi ya ya youpi youpi ya ya,
Youpi ya ya youpi youpi ya ya,
Youpi ya ya youpi youpi ya ya,
Youpi ya ya youpi youpi ya ya.

Banana les regarda longtemps et chanta en silence à l'unisson. Il leur rendit leur salut tandis que leurs dos rapetissaient au loin. Il se demanda s'il devait dire au samanja ce que Zololo avait affirmé à propos du casque. Il décida de se taire. Quand il se retourna, il découvrit qu'il était seul. Les autres avaient dû le laisser quand ils avaient vu qu'il parlait à Zololo et Aluwong.

Il traversa la route, couvrit son nez en passant près des camions et croisa le samanja Show qui partait dans l'autre direction, un lance-flammes en bandoulière.

Dans le périmètre, Grace creusait toujours la tombe d'Aluwong. Banana accéléra le pas. Il voulait revoir Aluwong une dernière fois avant que la terre le recouvre.

IV

La Ville Blanche

1

La Ville Blanche émergea, fine brume de points blancs qui, quand ils s'approchèrent, se révélèrent des toiles de parachutes flottant au-dessus des arbres géants dispersés sur un kilomètre carré de collines et de vallées en spirale dominant une vaste étendue de rizières et de forêts sombres et vertes. Un haut mur de rouleaux de barbelés marquait les limites de la garnison.

La Ville Blanche n'était en rien imprenable, mais quiconque aurait tenté de traverser ses fortifications rudimentaires sans y être invité pouvait raisonnablement parier qu'il serait mort avant d'avoir franchi ces fichus barbelés Dannert qui l'entouraient. Éparpillées au niveau de toutes les approches négociables du cantonnement, des mines antichars et des mines antipersonnel, conçues pour pénétrer un homme par le pied et ressortir par sa tête. Si l'objet piégé n'arrêtait pas l'intrus, les soldats au visage sévère scrutant les barbelés veilleraient à ce que leurs Brens et leurs Stens fassent le travail. Derrière les sentinelles, on avait installé de puissants canons Bofor et Howitzer chargés, pointés dans toutes les directions. On changeait ceux qui les servaient toutes les douze heures et ils étaient toujours sur le pied de guerre, attentifs au moindre signe d'ennuis.

Un réseau de téléphones, dont les fils étaient enterrés dans les tranchées, sous les bunkers et les abris, reliait tous les éléments de la forteresse, et une nouvelle invention, l'émetteur-récepteur radio portable bidirectionnel, appelé *talkie-walkie*, assurait la continuité des communications entre les multiples mécanismes de défense de la garnison.

« C'est à cause de ça que la Ville Blanche a pris ce nom, expliqua à Banana le samanja Show en lui montrant les parachutes. Chacun représente un largage qui n'a pas réussi à passer les arbres. La plupart se sont échoués là le soir où ce secteur de la jungle est devenu une forteresse. Au début, nos gars ont cru qu'il suffirait de monter aux arbres pour libérer les voilures en coupant les suspentes. Mais ils ont bien vite compris que ce n'était pas judicieux : un sur deux parmi ceux qui sont montés s'est fait descendre par un sniper japonais. Ils ont donc renoncé à récupérer les voiles, et les pilotes ont donné à l'endroit le nom de Ville Blanche. C'est pas mal. Il y a un lieu à Londres, célèbre pour ses courses de lévriers, et qui s'appelle aussi Ville Blanche : White City.

— Quel nom on pensait lui donner, avant ça ? demanda Banana en bâillant.

— Les quatre autres forteresses portent le nom de lieux célèbres. Chowringhee a pris le nom d'une grande rue de Calcutta. Broadway, c'est pour un quartier de New York, Piccadilly est une place du West-End de Londres. Quant à Aberdeen, c'est le nom d'une ville d'Écosse dont la famille du Janar est originaire. Je ne sais pas bien quel nom on devait donner à la Ville Blanche, mais en fait, on n'avait pas prévu d'établir une place forte ici. Si tu regardes à ta gauche, tu verras une voie ferrée. La Ville Blanche est implantée juste sur son trajet. Avant, des trains passaient sur ces rails vingt-quatre heures sur vingt-quatre pour approvisionner, depuis Rangoon, les troupes japonaises plus au nord. Maintenant, ils ne peuvent plus. La Ville Blanche a été établie juste pour ça. C'est pourquoi les Japonais sont tellement vexés. Ceux qu'on a renvoyés à leur Créateur ce matin étaient des renforts pour ceux qui assaillent déjà la Ville Blanche jour et nuit.

— Ville Blanche, c'est un beau nom, dit Danja, mais Argungu, ç'aurait été mieux.

— C'est de là que tu viens ?

— Par la grâce de Dieu, samanja.

— J'y ai passé de drôles de bons moments, l'an dernier, pendant le festival de la pêche.

— Non ! Samanja, que je divorce si je n'y étais pas

aussi ! J'étais un de ces trois mille pêcheurs. Pourquoi est-ce que tu ne m'as pas cherché ? Je t'aurais initié à la cuisine légendaire de ma femme – *tuwon shinkafa* et *miyan kuka* avec le poisson-chat le plus savoureux que tu as jamais mangé.

— Ah, le riz pilé au ragoût de feuilles de baobab séchées, dit le samanja Show avec un soupir nostalgique. Et le poisson-chat. Ça aurait été un vrai festin, Danja. Mais il y a une semaine, je ne te connaissais même pas.

— Je sais, samanja, mais c'est pas une excuse. »

Les yeux méfiants des gardes en patrouille se posèrent sur eux, indifférents, depuis le périmètre de sécurité. L'entrée de la forteresse était une sorte de panier de barbelés entremêlés. Elle s'ouvrait à côté du mur de sacs de sable qui barrait la voie ferrée. Ils se glissèrent à l'intérieur un par un, priant pour que les Japonais ne choisissent pas cet instant précis pour lancer un de leurs raids aériens.

Leur prière fut exaucée, mais le dernier d'entre eux venait à peine de se faufiler entre les barbelés qu'une voix cria « A couvert ! ». Quelques secondes plus tard, une autre voix hurla « Dakota ! », ce qui signifiait que le premier ordre était une fausse alerte : un avion approchait, mais ce n'était pas un avion ennemi.

Le Dakota apparut au-dessus d'eux, mais ne se posa pas.

« C'est un foutu camion-remorque ! » marmonna quelqu'un. Le Dakota tirait un planeur.

Quelques minutes après la disparition du C-47, le planeur Waco, qui s'était fait prendre en stop derrière lui et s'était détaché en approchant de la Ville Blanche, revint dans leur champ de vision. Il s'orienta vers la piste d'atterrissage des avions légers, sur le flanc ouest de la forteresse. Soudain, il plongea dans l'épaisseur des arbres couvrant la colline en contrebas. Il ne s'écrasa pas au sol. Il ressortit des arbres quelques secondes plus tard, complètement remodelé – plus d'ailes ! Elles avaient été bien proprement coupées. Il fut clair alors qu'il allait s'écraser. Mais non. Tandis qu'il plongeait vers le sol, son cockpit et son nez se dressèrent soudain en l'air comme si mille géants dans le fuselage s'étaient précipités vers la queue. Un bulldozer de la taille d'un éléphant de brousse adolescent tomba du Waco et rebondit par terre. Ayant accouché avec succès, le planeur s'enfonça de nouveau à grand bruit dans la forêt vierge et verte. Quelques minutes plus tard, l'équipage réussit péniblement à s'extraire de l'épave. Un grand soldat barbu du régiment des South Staffords monta dans le bulldozer et alluma le moteur. Il démarra en ronronnant.

2

La guerre du kofur Olu Pashanu se termina deux heures après l'arrivée de la colonne dans la Ville Blanche. Les médecins de l'infirmerie située près de la porte ouvrant sur le quartier général de la brigade, au centre de la forteresse, jetèrent un regard à son genou fracassé et lui dirent que, pour lui, c'était le retour en Inde. Au lieu de montrer sa gratitude, Pash fondit en larmes furieuses et insista pour ne pas partir. Il avait juste besoin de se reposer et son genou serait guéri en un rien de temps. Les médecins lui firent une piqûre de morphine et l'emportèrent sur un brancard jusqu'à un petit avion venu évacuer les blessés.

La section D se précipita sur la piste d'envol pour lui dire au revoir. Le kofur était inconsolable.

«Je suis désolé ! » répétait-il à chacun, quand ils venaient le serrer dans leurs bras.

Il sanglotait comme un enfant. Juste avant que l'avion emporte Pash, le kaptin Gillafsie sortit en courant de la hutte de bambous au-dessus du bunker qui servait de quartier général à la brigade. Gillafsie arracha les deux galons à l'épaule de Pash et les remplaça par trois chevrons. Les sanglots du samanja Pash redoublèrent. Il hoquetait encore quand l'avion s'éleva en l'air en direction d'Hailakandi, promettant qu'il reviendrait dès qu'on l'aurait guéri. Mais tous savaient qu'il ne reviendrait pas. Les médecins ne lui avaient pas dit ce qu'ils avaient confié au capitaine Gillafsie : il faudrait couper la jambe de Pash à hauteur du genou dès son atterrissage en Inde.

Puis la section D prit sans énergie la direction de la Rivière Boueuse, au sud du complexe. Téléphones et talkies-walkies crachotaient tout autour d'eux. Des équipes assemblaient six canons Bofors de plus et quatre 25-pounders Howitzer apportés la veille par vingt-cinq Dakotas sous le feu nourri des Japonais. Une compagnie de Leicester envoyée pour harceler l'ennemi était revenue avec dix hommes de moins que lorsqu'elle était partie quelques heures plus tôt. Mais pour chaque Britannique mort, les Japs avaient perdu dix de leurs hommes. Une compagnie de fusiliers du Lancashire avait été détachée pour faire sauter une réserve de munitions japonaise à Indaw, à quinze kilomètres de là.

3

Jamais de toute sa vie Banana n'avait vu autant de barbus rassemblés en un même lieu. Tandis que ceux de la section D approchaient tranquillement du point d'eau, ils passèrent devant leurs chambres à coucher toutes neuves – une série de tranchées qu'ils s'étaient creusées à leur arrivée, deux heures plus tôt. Leurs lits étaient faits de nattes, de toile goudronnée et de tout ce qu'ils avaient pu trouver dans les nombreuses épaves de planeurs dispersées dans la forteresse. En guise de toit, ils utilisèrent quelques traverses du chemin de fer, qu'ils recouvrirent de voilures de parachutes en soie pour se protéger du soleil. Puis ils parsemèrent le tout de pelletées de terre pour que du ciel les pilotes d'avions ennemis ne distinguent qu'un terrain uniforme. Ils ménagèrent une fenêtre vers le monde extérieur et assez de place pour s'accouder au parapet et mettre leurs armes en position en ne laissant béante qu'une fraction du toit. Cette ouverture leur servait aussi de porte pour entrer dans leurs chambres et en sortir, sur la colline PO, leur nouveau foyer à l'extrémité sud de la garnison.

Le nom de « colline Poste d'Observation » avait été trouvé au cours des premiers jours de la forteresse, quand les Chindits avaient découvert que sa hauteur leur permettait une vue sans obstacle jusqu'à Mawlu, grâce à leurs jumelles Barr & Stoud. A l'ouest de la colline PO, il y avait la colline Pagode, une ancienne base japonaise. Quand les Japs en avaient été éjectés, ils avaient abandonné sur place un petit autel Shinto. A l'est, c'était la colline Nue, ainsi nommée parce qu'elle était dépourvue de toute végétation. Au nord, au pied de la colline Factice, qui devait ce nom à la fausse piste d'atterrissage qu'on y avait construite pour occuper les Japs, coulait la Rivière Boueuse.

Le cours d'eau était encombré de mules, de poneys et d'hommes, quand ils y accédèrent. Le samanja Show et le samanja Grace, ainsi que leurs sections, y étaient déjà.

« Quoi qu'il arrive, ne buvez pas cette eau, prévint le samanja Show.

— Pourquoi pas ? » demanda Guntu qui mourait de soif.

Show montra du doigt une pancarte fichée bien en évidence sur la rive.

« Qu'est-ce que ça dit ? » demanda Guntu. S'il réussissait à lire dans son ajami maternel, l'écriture arabo-hausa qu'il avait apprise enfant, l'alphabet romain lui était totalement étranger.

Godiwillin lui lut la mise en garde. La pancarte déclarait :

ATTENTION

JAPS MORTS DANS LA RIVIÈRE BOUEUSE

TOUTE EAU DOIT ÊTRE DÉSINFECTÉE

La Rivière Boueuse, expliqua le samanja Show, ne portait pas ce nom parce qu'elle était boueuse, mais parce que l'eau n'était pas potable.

Guntu dit qu'il pouvait très bien survivre sans se laver.

« Vous connaissez un cours d'eau au monde qui n'ait pas de cadavre dedans ? » grogna Danja en haussant les épaules. Et il plongea.

Il resta si longtemps dans les profondeurs que quelqu'un plaisanta nerveusement : la section D avait perdu son troisième membre en un jour. Mais Danja finit par émerger, le visage fendu d'un sourire d'une oreille à l'autre. C'était le premier vrai bain que le pêcheur prenait depuis longtemps.

4

Guntu fit une rencontre déconcertante avec un Jap, près du cours d'eau, cet après-midi-là. Il avait décidé de ne pas s'aventurer dans la Rivière Boueuse à cause des cadavres qui s'y trouvaient et s'était éloigné à quelques mètres des autres pour s'asseoir au pied d'un jeune arbre feuillu et fumer une cigarette. En aspirant la première bouffée divine, il s'adossa à l'arbre et tomba à la renverse. Quand il se redressa, l'arbre s'envolait par-delà le barbelé de sécurité et disparaissait dans la jungle. Dans sa hâte, l'arbre marcha sur une mine et sauta. Guntu mit fin à sa pause-cigarette et revint en courant vers la rivière, craignant que les autres arbres ne se mettent eux aussi à gambader. Dès lors, et pour le reste de sa vie, Guntu ne ferait plus jamais confiance à un arbre.

Sur le chemin du retour vers leurs quartiers souterrains de la colline PO, ils passèrent devant Fort Reno, une grosse excavation au toit de rails couverts de sacs de sable. Fort Reno était l'écurie à mules.

Ils avaient à peine regagné leurs tranchées et s'installaient pour un repos bien mérité quand ils entendirent une puissante explosion dans la direction de Mawlu.

« A couvert ! » cria une voix dans un mégaphone.

Tous les hommes plongèrent au sol, le visage enfoui dans la terre, se faisant aussi petits que possible. Le projectile envoyé par une roquette rugit pendant plusieurs secondes interminables en décrivant un arc balistique très haut par-delà la jungle pour les atteindre. En approchant, le bruit était de plus en plus furieux, de plus en plus fort, de plus en plus effrayant. L'obus de mortier de 150 mm explosa quelque part derrière eux parmi les arbres, près de la piste d'atterrissage des Dakotas. Il était si puissant qu'il déchiqueta plusieurs arbres qu'il avait renversés comme une scie géante passée par là. Un autre suivit immédiatement. Puis un troisième.

Le « seau à charbon », comme on appela bientôt ce gros obus de mortier, était l'arme la plus effrayante sortie de la boîte à artifices des Japonais dont les Chindits aient fait l'expérience. Elle avait l'habitude gênante d'exploser avant qu'on puisse entendre la vibration de son arrivée – et donc très souvent avant même que les soldats aient eu le temps de se mettre à couvert.

La Ville Blanche répliqua avec sa batterie de Howitzer à périscopes capables de projeter cinq cartouches d'explosifs gainés d'acier par minute et de pulvériser un homme à douze kilomètres de là.

Tandis que le seau à charbon et d'autres obus de mortier japonais ultrarapides sifflaient et hoquetaient à leurs oreilles avant d'exploser, derrière ou devant la section D, plus à l'est ou à l'ouest, ou juste sous leur nez, la terreur absolue qui s'était emparée de Banana s'estompa peu à peu. Les muscles de sa poitrine se détendirent et il recommença à respirer. La mort, se dit-il, viendrait à son heure. Il lui restait à espérer que Dieu n'avait pas décidé qu'il avait fait son temps sur terre. Les visages autour de lui étaient couverts de poussière, de pierres et de débris ; de la chair à vif – celle des hommes, des mules et des poneys – avait volé jusque-là, traversant leur toit pour s'abattre sur eux.

Godiwillin avait au bras une fente due à un morceau d'acier de la taille d'une balle calibre 38, provenant d'un morceau d'obus de mortier japonais, qui avait tranché la chair comme un rasoir avant d'aller s'enfoncer dans le mur derrière lui.

Bloken, qui gardait sa foi inébranlable dans les amulettes qu'il portait solidement attachées autour de son cou, était serein, imperturbable. A un moment, quand les bombardements étaient au plus fort, quand les projectiles arrivaient par deux ou trois, puis quatre à la fois, Bloken choisit, à la stupéfaction de tous, de sortir de l'abri et de lever la tête au-dessus du parapet. Puis il entreprit de transmettre aux autres un rapport de visu de l'Armageddon qui se déroulait au-dessus d'eux. Il ne fut convaincu de se cacher à nouveau que par Damisa, qui menaça de l'assommer.

Pendant une pause dans les tirs, Damisa vint examiner la blessure de Godiwillin. Ce n'était pas aussi grave que ça en avait l'air.

« On peut dire que tu l'as échappé belle, Will, dit Guntu en extrayant le shrapnel du mur.

— Je suis né à Onitsha le 6 avril 1925, dit Godiwillin en regardant droit devant lui, les yeux fatigués mais sans expression. Une semaine plus tard, dans la cathédrale de la Sainte-Trinité, on m'a baptisé Godwilling Lucky Nnamdi. Mon deuxième prénom veut dire "chanceux". J'ai dix-neuf ans aujourd'hui. Je ne mourrai pas le jour de mon anniversaire. »

Un obus atterrit à quelques mètres de leur cachette, et Banana sentit ses boyaux s'affoler jusque dans son cerveau.

Pour célébrer l'anniversaire de Godiwillin, Bloken alluma une cigarette et la fit passer. Même Banana, qui n'avait jamais fumé de sa vie, prit une bouffée bienfaisante. Puis ils se tournèrent tous vers le héros du jour.

« Joyeux anniversaire, Will », dit Damisa.

« Joyeux anniversaire, Will », dit Bloken.

« Joyeux anniversaire, Will », dit Danja.

« Joyeux anniversaire, Will », dit Guntu.

Banana était le prochain à lui souhaiter son anniversaire. Mais sa voix fut couverte par une explosion.

5

L'échange caustique entre les bombes britanniques et les obus japonais continua sans interruption pendant plus d'une heure. Puis, quand il sembla que c'était terminé, quand les hommes commencèrent à émerger de leurs tranchées, la sirène annonçant un raid aérien se mit à hurler et ils replongèrent tous dans leurs trous.

Leurs ailes ornées du disque rouge japonais, six Zeros Mitsubishi, l'étalon de guerre légendaire de la marine impériale, apparurent au-dessus de la forteresse, venus tout droit de leur porte-avions. Ils volaient en formation parfaite. L'un après l'autre, les Zeros larguèrent leurs bombes en séries qui commençaient près de la colline PO, traversaient la colline Nue, longeaient Fort Reno et enjambaient la colline Factice pour se terminer à la Rivière Boueuse. La chute des bombes s'accompagnait du crépitement brutal des mitrailleuses visant le sol depuis les ailes et le capot du moteur.

Trois canons Bofors entrèrent en action. Les serveurs de Bofors visèrent mieux que les bombardiers Zero. Trois Zeros tremblèrent quand ils furent touchés. Aucune des bombes japonaises ne toucha directement les bunkers ni les tranchées. Un Dakota qui attendait au sol fut endommagé sans espoir de réparation possible. Un cratère de la profondeur d'une baignoire et de la longueur d'une piscine s'ouvrit à l'emplacement des barbelés Dannert, près de la colline Factice.

Les Zeros étaient impressionnants, mais ils n'avaient ni vraiment changé l'histoire de la Ville Blanche ni beaucoup modifié sa géographie. Il ne fallut aux sapeurs que dix minutes et un rouleau de barbelés pour refermer le trou qu'ils avaient créé. En passant au ras de la cime des arbres, les Zeros pendant ces quelques secondes n'avaient réussi qu'à tuer deux hommes et trois mules, blesser quelques soldats, en effrayer beaucoup au point qu'ils voulaient se pelotonner dans leur abri et ne plus jamais en sortir, ne plus jamais connaître une autre guerre, et en rendre d'autres si furieux qu'ils entrèrent, sans s'en apercevoir sur le coup, dans le club de ceux dont toute l'existence n'aurait plus de signification à moins de tuer ou de se faire tuer en essayant de tuer.

Pendant longtemps après le départ des bombardiers, le silence ne fut troublé que par les cris des blessés et des mourants. Le soleil était sur le point de se coucher. L'obscurité complète ne tarderait pas – ni les Japs, s'ils restaient fidèles à leurs habitudes.

Damisa suggéra qu'ils pourraient profiter de la trêve pour dormir un peu. A l'exception de Bloken – qui avait apporté ses amulettes mais oublié son cerveau, marmonna un Guntu très secoué –, pour tous, ç'avait été la journée la plus terrible qu'ils avaient connue jusque-là. Même Damisa, qui croyait avoir tout vu, dut admettre que rien, dans la campagne d'Afrique de l'Est, ne l'avait préparé à une terreur aussi implacable.

Ils furent soulagés de se retrouver dans leurs tranchées. Dans ce pays effrayant appelé Birmanie, couché en chien de fusil au milieu d'un trou puant creusé dans le sol, sur un lit qui ressemblait à un cercueil, on croyait dormir dans un palais.

Banana s'étira sur sa natte et ferma les yeux. S'il n'avait pas vraiment l'impression d'être un prince, du moins était-il reconnaissant d'être encore en vie. Quelques minutes plus tard, il bondit, réveillé en sursaut par une puissante explosion qui venait de la jungle derrière lui. Le lendemain matin, on retrouva un Jap, dont le corps aux jambes courtes et aux épaules étroites avait été percé comme un tunnel du pied gauche à l'arrière de la tête.

« Je n'arrive pas à dormir, moi non plus, dit la voix de Damisa dans le noir. Tu veux du thé ? Je viens de faire bouillir de l'eau.

— J'aimerais beaucoup boire du thé, samanja », répondit Banana. Il alla chercher dans son sac sa tasse métallique et progressa dans le noir le long du mur en enjambant plusieurs corps qui ronflaient pour arriver jusqu'au samanja. Il s'assit près de Damisa, prit de réconfortantes petites gorgées de thé et remarqua que le samanja tenait dans ses mains le casque brûlé récupéré après l'embuscade.

« Tu ne vas pas l'enterrer, samanja ? demanda-t-il.

— Non, répondit Damisa après un court silence. Ce n'est pas le casque de Dogo. J'ai remarqué qu'il y avait un soleil dessus, quand je l'ai mieux regardé. Non, ce n'est pas le casque de Dogo. Le casque de Dogo n'aurait pas de soleil dessus. Je le garde comme souvenir de l'embuscade et du jour où Dogo est mort.

— Tu le connaissais depuis combien de temps ?

— Dogo ? On s'est rencontrés le premier jour de notre apprentissage de bourreau à la prison des Autorités indigènes de Sokoto. C'était en 1930, l'année de ta naissance. Dogo avait onze ans. J'avais un an de plus. »

Les deux garçons étaient des *Almajirai* – des élèves d'une école *allo*, une madrasa misérable à ciel ouvert où on envoyait les enfants de pauvres apprendre le Coran par cœur. Les élèves, des centaines parfois, supportaient des conditions de vie sordides dans une maison que leur fournissait leur mallam, un imam qui exerçait son magistère à coups de nerf de bœuf. En échange de cet hébergement et de l'enseignement, les élèves étaient envoyés en petits groupes dans la communauté mendier leur nourriture et de l'argent pour leur maître.

« Par chance, dit Damisa, mon mallam et celui de Dogo sont arrivés le même jour à la conclusion que nos talents de mendiants laissaient bien trop à désirer. Nous ne rapportions pas assez pour justifier ce qu'on nous donnait. Ils ont donc eu la brillante idée de nous envoyer travailler avec le bourreau, qui venait d'annoncer qu'il avait besoin d'assistants. On ne le savait pas, à l'époque, et le bourreau non plus, mais on a commencé notre apprentissage le jour même où avait lieu la dernière exécution à Sokoto. Trois hommes condamnés pour meurtre par la cour du sultan ont été sortis de la prison et conduits sur la place du marché, où ils ont été exhibés à tous avant que leur destin s'accomplisse. La méthode d'exécution était la décapitation d'un coup d'épée. Le condamné était agenouillé, les mains attachées dans le dos, le cou tendu. D'ordinaire, il n'y avait qu'un homme à exécuter, et les assistants du bourreau distrayaient l'homme en marchant devant lui et en tirant une épée. Le bourreau, qui se tenait derrière lui, avançait alors et lui coupait la tête pendant qu'il fixait son attention sur l'épée de l'assistant. Mais cette fois, ils étaient trois, et on ne pouvait pas utiliser la même méthode. On a fait agenouiller les condamnés en rang et ils devaient attendre leur tour. Ils étaient tous jeunes. Le plus âgé ne devait pas avoir trente ans. Et ils ne montraient aucune peur. Ils se contentaient de regarder au loin et d'attendre, calmement. Notre maître, le bourreau, était un homme à la carrure puissante. Torse nu, il tenait l'épée à deux mains. Il s'est avancé près du premier homme et lui a coupé la tête d'un seul coup. La foule a poussé un long gémissement, mais les deux autres condamnés sont restés impassibles. Le bourreau s'est placé près du deuxième homme et, à nouveau, d'un seul coup, il lui a retiré la tête. A nouveau la foule a gémi doucement, mais le troisième homme est resté immobile. Mon maître s'est avancé et son épée s'est abattue pour la troisième fois, mais il a raté le cou et la lame s'est abattue sur le dos de l'homme, entre ses épaules. Le sang a jailli quand le bourreau a retiré l'épée et la foule a cessé un moment de respirer, mais le condamné n'a montré ni peur ni douleur. Il s'est contenté de tourner les yeux et de toiser mon maître, de la tête aux pieds. “Je suis sûr que tu peux faire mieux que ça”, lui a-t-il reproché. Mon maître s'est excusé avec une grande sincérité. La seconde fois, il ne l'a pas raté. C'est ce jour-là que j'ai rencontré Dogo. Et on est très vite devenus amis. On était si proches, quelques années plus tard, qu'on s'est tous les deux mariés le même jour. Ma première fille et son premier fils sont nés à quelques jours d'intervalle. Nous nous sommes engagés dans l'armée le même jour. Je ne serais pas surpris que Dieu ait prévu que nous mourrions le même... »

Le dernier mot fut noyé sous le bruit tonitruant d'une explosion qui secoua la colline PO. Les Japonais étaient de retour, et ils avaient choisi le flanc sud de la forteresse comme premier point d'attaque. Les hommes de la section D qui dormaient se réveillèrent en sursaut et saisirent leurs mitraillettes Sten en remplissant leurs poches de grenades. Ils se dressèrent tous contre le parapet pour évaluer soigneusement la situation. Au début, ils ne virent rien d'autre qu'une constellation éblouissante de fragments d'obus en flammes et un feu d'artillerie. Deux Zeros filèrent au-dessus de la jungle à quelques centaines de mètres du périmètre et larguèrent des bombes qui déclenchèrent l'explosion de centaines de mines soigneusement disposées par les Alliés.

Quelques minutes plus tard, une cinquantaine de petites silhouettes émergèrent de la jungle et chargèrent, en criant, les rouleaux de barbelés. Ils brandissaient des lance-torpilles Bangalore, une charge explosive placée au bout d'un tube, qu'ils faisaient détonner en heurtant les barbelés dans l'espoir d'éliminer les fortifications du périmètre. Ils furent immédiatement tués soit par les explosifs soit par le formidable déluge de balles qui les accueillit depuis l'intérieur. On devait cette innovation tactique aux mêmes stratèges guerriers qui avaient inventé les kamikazes. Les équipes suicidaires de lance-torpilles Bangalore réussirent leur mission : ouvrir une brèche de bonne taille dans les barbelés. Des centaines de Japs, précédés par une douzaine de seaux à charbon qui envoyèrent toutes les têtes se replier dans leurs tranchées, sortirent soudain de la jungle et se déversèrent dans la forteresse en actionnant leurs mitraillettes et en jetant des grenades dans toutes les directions.

Treize mitrailleuses lourdes Vicker, dont une servie par le samanja Show et sa section, et des milliers de Stens, de Brens et de Millas firent pleuvoir la mort sur les Japs et renvoyèrent les survivants se disperser dans la jungle. La section D en vit passer beaucoup à portée de fusil et les élimina sans la moindre difficulté. Banana se concentra sur un Jap de sa taille et lui farcit le dos et la tête de plomb, puis il regarda l'homme tomber comme un sac et mourir.

L'odeur de cordite emplissait l'air.

Des centaines de mortiers éclairants munis de parachutes, chacun capable de brûler plusieurs minutes, illuminèrent la jungle autour de la Ville Blanche comme des dizaines de milliers de bougies, au point que la nuit ressembla soudain au jour et que tout ce qui bougeait fut poursuivi par une grêle de balles. Guntu en particulier était sur le qui-vive pour repérer tout arbre qui ressemblât de près ou de loin à un être humain. Il blessa mortellement deux Japs et tua dix arbres, cette nuit-là.

Deux Mustangs P-51 américains arrivèrent de Broadway pour prêter main-forte à la Ville Blanche. De très haut, les P-51 bombardèrent les positions ennemies à plusieurs reprises. Les Mustangs venaient de détruire un terrain d'aviation japonais, pulvérisant dix Zeros en un seul passage, et il leur restait quelques bombes à parafragmentation inutilisées. En guise de *sayonara* spécial, ils éjectèrent ces bombes au-dessus des Japs, sur le chemin du retour vers leur base, en éliminant des centaines et créant dans la jungle un trou qu'on aurait dit creusé par une météorite.

Tout cela fit taire les Japs pendant presque une heure. Mais ils revinrent. Cette fois, le commando suicide s'empala sur les barbelés près de la Rivière Boueuse et ouvrit un corridor en se faisant sauter. De nouveau, la vague de soldats qui suivit fut vigoureusement repoussée et renvoyée dans la jungle. Ils revinrent deux fois encore, cette nuit-là, attaquant simultanément par les brèches dans le périmètre au niveau de la colline PO et de la Rivière Boueuse. La Ville Blanche, hystérique, passa à la vitesse supérieure et déchaîna sept batteries de canons antiaériens Bofors sur les intrus. Un malheureux Zero envoyé en mission pour faire sauter les mines antipersonnel de la colline Pagode se retrouva obligé de répondre à près de cinquante Bofors qui lui aboyaient tous dessus en même temps. Le Zero explosa en vol et plongea dans la jungle à moins de cinq cents mètres de la forteresse.

Il fut si finement pulvérisé que les morceaux du bombardier au nez retroussé qu'on retrouva le lendemain matin n'étaient pas plus gros qu'un livre de poche. Il ne restait rien de l'équipage. C'était comme s'il s'était vaporisé.

Enfin, juste avant l'aube, les Japonais renoncèrent au combat et regagnèrent leur garnison de Mawlu. Mais ce n'est pas pour autant que les explosions cessèrent. Les compagnies légères envoyées la veille avaient mis en place un réseau élaboré d'embuscades pour les soldats japonais épuisés qui regagnaient leur base. Presque partout où elles passèrent dans un rayon de deux kilomètres, les forces du général Tojo tombèrent sur de fort déplaisantes surprises cachées à leur intention.

Quinze Chindits moururent cette nuit-là. Près de trois cents soldats japonais périrent.

6

Si à leur arrivée, déjà, la Rivière Boueuse n'était pas potable, seuls les charognards pouvaient dorénavant s'en approcher. Des centaines de cadavres gonflés de Japonais – les membres du convoi qui avait atteint le périmètre de la colline Factice – flottaient à sa surface, aussi loin que portait le regard. Avant que l'accès à la rivière soit bloqué et déclaré interdit à tous les habitants de la Ville Blanche, il fallait toutefois entrer dans l'eau et fouiller les corps pâles et défigurés pour relever sur eux tout ce qui pourrait être utile aux services spéciaux d'intelligence.

Cette tâche ingrate incomba à un groupe qui comprenait la section du samanja Grace. Équipés de gants en caoutchouc et de masques, les malheureux soldats se mirent consciencieusement au travail. Ça leur prit presque une demi-journée, mais ils récupérèrent un trésor de cartes et de lettres, ainsi qu'un télégramme, sans doute jamais transmis, du commandant japonais local suppliant le quartier général de lui envoyer des renforts.

Peu après midi, la section D mettait la touche finale à la nouvelle clôture pour boucher les brèches près de la colline PO, quand arriva un appel radio exigeant que le samanja Graceworthy Zuma se présente immédiatement au quartier général de la brigade. Le samanja Grace ne se présenta pas au quartier général de la brigade et il fut déclaré disparu plus tard dans l'après-midi, ainsi que deux autres Nigérians, un kofur et un farabiti, qui travaillaient avec lui.

Guntu déclara immédiatement que les hommes avaient été enlevés par des arbres et il alla tout droit exposer cette thèse au kaptin Gillafsie. Ce dernier, qui avait dormi moins de deux heures en trois jours, le regarda calmement avant de lui demander s'il n'avait pas oublié de prendre sa mépacrine la semaine précédente. Guntu répondit sincèrement que ce n'était pas le cas. Gillafsie lui demanda donc s'il aimait boire. Guntu répondit poliment mais avec colère que, s'il aimait prendre un verre de temps à autre, il n'avait pas approché d'une bouteille d'alcool depuis la veille du jour où la colonne avait quitté l'Inde pour la Ville Blanche. Gillafsie lui dit qu'il ne l'accusait de rien, qu'il voulait simplement lui offrir un verre. Le kaptin fouilla dans son sac et en sortit une bouteille à demi pleine de Johnny Walker. Il versa une giclée du puissant alcool écossais dans deux verres, un pour lui, un pour Guntu. Ils burent à la santé l'un de l'autre, puis Gillafsie congédia le farabiti et lui ordonna de tenter de dormir un peu avant que les Japs reviennent à la nuit tombée.

Quand les Japs furent de retour ce soir-là, toutes les brèches de la veille avaient été colmatées, les blessés évacués, les Chindits morts enterrés, les bunkers endommagés réparés et les mines antipersonnel et antichars replacées.

Un incident s'était déroulé pendant que Bloken, qui travaillait avec une compagnie de Gurkhas, repositionnait les mines antipersonnel, incident qui avait renforcé la conviction de Bloken que ses talismans le protégeaient non seulement des atrocités de l'ennemi mais aussi des tirs alliés.

Cela se produisit près de la colline Pagode. Un des sapeurs, à cause de la fatigue, probablement, trébucha sur un fil de mise à feu d'une mine qu'ils venaient de poser. L'homme, à l'arrière de l'équipe, avec Bloken juste devant lui, perdit son pied droit dans l'explosion qui suivit. Le reste de l'équipe, en sécurité plus loin, ne put rien faire pour l'aider. L'explosion déclencha une autre mine posée trop près de la première. Bloken se retrouva soudain au milieu d'un champ d'engins antipersonnel qui se déclenchaient tout autour de lui – et il s'en sortit sans une égratignure. Ce qui l'avait sauvé, c'était le mépris total qu'il éprouvait pour ces stupides petits diables qui avaient osé exploser tandis que l'invincible Jelome « Bloken Bottles » Yahimba se trouvait au milieu d'eux. Pour montrer son déplaisir à ces minables petites bombes, à ces idiotes de bombinettes, à ces crétins d'engins à fragmentation, Bloken resta absolument immobile et les regarda avec mépris. Il fut sauvé parce qu'il resta immobile.

Par la suite, quand il raconta l'incident à la section D, même Guntu, qui avait été plus secoué que n'importe qui d'autre par les singeries de Bloken la veille, le considéra avec un respect tout neuf. C'était la première fois, fit remarquer Guntu, qu'il entendait parler d'un homme sauvé de la mort par la perfection même de sa stupidité. Dans sa bouche, c'était un compliment. Il le dit sans ironie. Il le dit comme si la stupidité était la nouvelle religion que lui, Guntu, désirait désespérément embrasser. Surtout maintenant que les arbres s'étaient mis non seulement à marcher mais à enlever des êtres humains.

Comme tous les autres membres de la section D, Guntu était arrivé en Birmanie armé jusqu'aux dents d'amulettes puissantes. Les amulettes de Guntu, qu'il portait à la cheville, consistaient en versets du saint Coran scellés dans des perles enfilées sur une cordelette. Guntu avait du mal à comprendre comment les amulettes païennes de Bloken qui, comme chacun le savait, étaient tout à fait inutiles, pouvaient l'emplir d'une confiance aussi insouciante. Une des amulettes de Guntu contenait chacun des quatre-vingt-dix-neuf noms de Dieu, et pourtant les Japs se transformaient en arbres dans son dos. Ça l'inquiétait affreusement.

Guntu était un homme angoissé. Il était de plus en plus effrayé. Il avait si peur qu'il avait failli se tuer, l'après-midi même. Ce n'était pas une tentative de suicide, juste un cas d'erreur sur la personne. Ça s'était produit peu après qu'il avait quitté la tranchée du kaptin Gillafsie. Le merveilleux whisky lui avait réchauffé les tripes et l'avait envoyé courir répondre à l'appel de la nature dans une des nombreuses latrines qu'on avait creusées en bordure du périmètre. L'affaire terminée, il retournait aux tranchées quand quelqu'un tenta de lui sauter dessus. Il plongea au sol, fouilla dans sa poche et en sortit la première chose qui lui tomba sous la main : une grenade Mills. Il la dégoupilla, jeta la grenade vers son assaillant et se mit à couvert au moment de l'explosion. Une minute plus tard, il bondit sur ses pieds et entreprit de fouiller les buissons pour y trouver les restes de l'ennemi qu'il venait de tuer en état de légitime défense. Mais hormis les restes de la grenade, il n'y avait rien à trouver. Il n'y avait personne d'autre que lui. C'est du moins ce qu'il pensa – jusqu'à ce qu'un sixième sens le fasse se retourner. Il fit volte-face et vit son assaillant qui tentait de se cacher derrière lui. Il saisit son pistolet de service et tira plusieurs fois sur le Jap. Les autres Chindits, attirés sur les lieux par l'explosion de la grenade, attendirent que Guntu ait vidé son chargeur avant de se jeter sur lui pour le maîtriser. Quand les médecins du dispensaire lui demandèrent pourquoi il avait tenté de tuer son ombre, Guntu les regarda comme s'ils étaient tous devenus fous. Pourquoi diable aurait-il fait une chose pareille ? demanda-t-il. Ils lui firent gentiment remarquer qu'on l'avait trouvé en train de tirer sur son ombre.

« Je ne tirais pas sur mon ombre, les informa-t-il. Je tentais de tuer un Jap qui s'était transformé en mon ombre.

— Vraiment ? dirent-ils.

— Vraiment, répondit-il. Hier, j'ai vu de mes yeux vu un arbre se transformer soudain en Jap. Qu'est-ce que je suis censé faire si ces Japs se mettent à se transformer en toutes sortes de choses ? Il faut bien que je me protège ! Je ne veux pas finir comme le pauvre samanja Grace et ces deux gars qui ont été enlevés ce matin, probablement par des Japs déguisés en arbres ou en ombres ! »

Les médecins examinèrent Guntu et le déclarèrent en excellente santé. Ils décidèrent qu'il était soit un plaisantin soit un tire-au-flanc simulant la folie pour qu'on le déclare invalide et qu'on le renvoie en Inde. Ils lui administrèrent un placebo en piqûre dans le bras censé lui calmer les nerfs et le renvoyèrent sur la colline PO au pas de gymnastique.

L'injection accomplit des merveilles sur l'esprit de Guntu, cet après-midi-là, mais il n'avait pas plus plaisanté qu'il n'avait voulu trouver une excuse pour être démobilisé. Il avait vu ce Jap et ce salaud s'était camouflé en se substituant à son ombre. Il n'avait repris possession de son ombre qu'après avoir criblé l'ennemi de balles. Il soupçonnait que ce Jap s'était glissé dans son ombre pendant qu'il était occupé aux latrines. Dès cet instant, et pour le reste de sa vie, Guntu n'irait plus chier que la nuit, loin de toute source de lumière, et le jour seulement quand il pourrait surveiller son ombre.

Bloken pensait que Guntu était devenu fou. Sinon, pourquoi ce petit homme continuerait-il à le traiter d'idiot parce qu'il était invincible ? Il le suggéra discrètement à Damisa, parce qu'il ne voulait pas se bagarrer avec Guntu. Damisa déclara que, tant que Guntu ne se mettrait pas à gémir comme un chien atteint de la rage, tirer des conclusions hâtives sur sa santé mentale serait imprudent. Il ne voulut pas dire s'il pensait que Bloken était stupide, invincible ou les deux. Mais il promit de l'assommer de la crosse de son fusil s'il recommençait ce numéro de cascadeur dont il les avait gratifiés la veille. Un soda, déclara-t-il, était bien plus utile invincible que mort.

Danja trouvait que c'était méchant de la part des Japs d'être morts en si grand nombre dans la Rivière Boueuse. Il avait tellement espéré pouvoir aller y nager chaque jour ! C'était le seul luxe accessible dans la Ville Blanche. Mais dorénavant, ce simple plaisir lui était refusé à cause des cadavres gonflés. C'était vraiment injuste.

Banana dit que Lehoua Joj lui était apparu en rêve et lui avait annoncé que la guerre était terminée. Lehoua Joj ressemblait au Janar, mais il était vêtu d'une robe ample, comme l'émir de Zaria. Banana avait été très troublé en découvrant à son réveil que Lehoua Joj lui avait menti. Une étincelle dans les yeux, Danja le réconforta en l'assurant qu'il avait fait le même rêve. Dans le rêve de Danja, c'était l'émir de Zaria qui lui était apparu et qui lui avait dit que la guerre était terminée. L'émir était vêtu de la robe ample de Lehoua Joj. Lui aussi avait été très troublé en découvrant à son réveil que l'émir lui avait menti. Il éclata de rire en le disant, ce qui mit Banana très en colère. Mais qu'est-il arrivé à ce monde, s'écria Banana, si on ne peut plus faire confiance à des rois ni à des émirs pour dire la vérité ?

Godiwillin, qui ne fermait plus l'œil depuis qu'il avait failli se faire tuer le jour de son anniversaire, la veille, leur demanda s'ils pouvaient, par pitié, baisser le ton.

7

Cette nuit-là, les seaux à charbon revinrent avec une telle férocité que le commandement opérationnel de la Ville Blanche en resta momentanément assommé. Ensuite ce furent les Zeros. Puis, en deux formations distinctes, intervinrent les escouades suicide de torpilles Bangalore. L'une des formations se jeta sur les barbelés près de la Rivière Boueuse et ouvrit une brèche au prix de cinquante vies japonaises. Tandis que les canons britanniques s'occupaient de repousser le flot de Japs qui déferlait comme de l'eau par le trou béant au flanc nord du périmètre, cinq cents mètres plus loin, l'autre escouade suicide se précipitait sur les barbelés au pied de la colline Nue. Ils créèrent une voie d'accès imposante par laquelle entrèrent non pas un mais deux tanks légers, leurs tourelles crachant le feu dans toutes les directions. En moins de cinq minutes dans la Ville Blanche, les tanks prirent la vie à plus de Chindits que depuis le début du siège. Ce qu'il y avait de doublement irritant dans cette incursion, c'était que ces véhicules blindés étaient des tanks britanniques dont les Japs s'étaient emparés deux ans plus tôt, quand l'armée japonaise invincible avait chassé les Britanniques hors de Birmanie. Les tanks furent finalement contraints de se replier sous un barrage de tirs. Les combats durèrent toute la nuit et ne s'arrêtèrent que juste avant l'aube.

La nuit suivante, les tanks revinrent mais, cette fois, la forteresse s'était préparée à les recevoir. Pendant la trêve diurne des combats, les sapeurs avaient catalogué toutes les approches carrossables par un tank et, près des barbelés, ils les avaient soigneusement truffées de mines antichars déclenchées à la pression.

On armait ces mines antichars – dont les explosifs étaient enfermés dans une boîte circulaire en acier et qui ne pouvaient être déclenchés par le poids d'un être humain que si c'était un vrai géant – en tournant une manette au-dessus du détonateur cylindrique en acier, attaché, sous le couvercle en cuivre, à sa plaque de pression. Quand un tank roulait sur une mine, il enfonçait la plaque de pression sur le percuteur situé juste en dessous. Le percuteur venait frapper le détonateur, qui faisait alors exploser une faible charge, un peu comme si on tirait une balle dans un tonneau de poudre, ce qui déclenchait alors l'explosion de la charge principale. Contrairement à sa cousine antipersonnel, dont le shrapnel était souvent conçu pour se fragmenter en milliers de balles lors de l'explosion, cette mine antichar monstre fusait vers le haut comme un coup de poing et pénétrait l'armure de sa cible avant d'exploser en millions de marteaux de forgeron volants. Ces mines, et plusieurs autres enterrées autour de l'enceinte, formèrent le comité d'accueil des tanks ennemis quand ils se présentèrent le soir même.

Pour s'assurer que les inévitables Zeros ne les déclenchent pas grâce à leur méthode rudimentaire mais efficace de nettoyage – qui consistait simplement à larguer des bombes de très haut sur les champs de mines –, les chiens de garde des batteries antiaériennes de la Ville Blanche interdirent tout le jour aux bombardiers japonais le ciel coiffant la forteresse et ses environs. Il y eut alors un effet inattendu mais bienvenu : les Japonais furent contraints de tenter de déminer les sites situés à distance respectueuse des engins antichars, ce qui leur coûta plusieurs dizaines de leurs hommes. Des escouades suicide nettoyèrent le terrain pour les escouades suicide. Ainsi l'équipe antichar de la forteresse, munie de Piats, sut exactement où se positionner quand les tanks finirent par arriver, comme ce fut le cas peu après que les formations suicide de l'avant-garde s'étaient fait sauter.

Juste après que le premier tank eut roulé sur son destin funeste, une douzaine de mortiers à spigot filèrent dans l'air nocturne et s'abattirent sur le second tank. Quand les Piats en eurent terminé avec les tanks, ce qu'il restait d'eux et de leurs équipages n'était pas beau à voir. Mais c'était la guerre, et quand les mortiers éclairants tombèrent au bout de leurs parachutes pour permettre de voir les terrifiantes épaves auxquelles les tanks avaient été réduits, les hurlements de joie qui s'élevèrent cette nuit-là dans la Ville Blanche s'entendirent jusqu'à Mawlu.

Le siège continua de la même manière, chaque jour, du crépuscule à l'aube, pendant des semaines.

8

Une semaine après la disparition du samanja Grace, du kofur et du farabiti, la Ville Blanche eut une idée de l'endroit où les soldats disparus pourraient bien se trouver. Il était environ deux heures du matin. Les équipes suicide avaient gagné le périmètre avant de prendre la route vers l'au-delà ; un Zero avait été effacé du ciel par la DCA ; plus tôt dans la nuit, un lieutenant des Leicesters s'était soudain effondré et il était mort sans cause apparente. Après examen minutieux de son corps, on comprit qu'une balle s'était logée dans son estomac après être entrée par l'extrémité inférieure de son tube digestif.

En d'autres termes, c'était une nuit comme toutes les autres, dans la Ville Blanche : les morts étaient morts et les vivants étaient soit blessés soit en bonne santé mais en manque désespéré d'un bon sommeil et d'un vrai repas.

Une puissante attaque japonaise venait d'être repoussée et neutralisée avec une telle force que les armes japonaises se retrouvaient tout intimidées. La section D espérait donc pouvoir se coucher tôt, quand soudain, depuis la jungle, une voix japonaise les interpella.

« Homme noir ! cria-t-elle. L'homme blanc n'est pas ton ami. L'homme blanc est ton oppresseur. Pourquoi est-ce que tu meurs pour lui ? Laisse-le tomber ! Laisse-le livrer sa propre guerre tout seul ! »

Il n'y avait rien d'inhabituel à entendre les Japs crier des invectives à l'intention de leurs ennemis de la Ville Blanche. Ils s'y mettaient une nuit sur deux et on leur répondait dans une langue tout aussi fleurie. Ce qui frappa la section D ce soir-là, ce fut que les Japs ne leur parlaient pas en anglais, mais en hausa, sans accent, sans hésitation, dans une langue impeccable.

Quand ils se furent remis du choc initial, Danja fut le premier à répondre. « *Uwar ka !* » cria-t-il – ta mère. Et il ponctua son insulte par le jet d'une grenade Mills dans leur direction.

Quelques secondes plus tard, la même voix japonaise répondit. « *Uban ka !* » dit le Jap – ton père. Une grenade Kiska suivit dans la seconde. Elle atterrit et explosa, comme toutes les autres, trop loin pour faire le moindre dégât.

« *Buran uban ka !* » cria Guntu – le pénis de ton père. Et il lança une grenade Mills dans la jungle, par-delà les barbelés.

« *Durin uwar ka !* » répondit le Jap – le vagin de ta mère. Suivi une seconde plus tard par une grenade Kiska.

« *Na ci uwar ka !* » hurla Banana – j'ai baisé ta mère. Et il envoya une grenade Mills voler jusqu'aux Japs.

« *Uban ka dan daudu ne !* » répondit le Jap – ton père est un homosexuel efféminé. Et une grenade Kiska atterrit dans le périmètre.

« *Uwar ka kifi ce !* » cria Bloken – ta mère est une gouine. Et il lança une grenade Mills.

« *Bakin kuturu !* » cria le Jap – lèpre noire.

Cela mit Bloken, stupéfait, dans une telle rage qu'il dut se retenir d'escalader le parapet pour aller se jeter sur le Jap.

« *Haba jaki,* cria Banana au Jap. *Ai kai ma ka wu ce gona da iri !* » – là, tu es allé trop loin, trou du cul.

« Saale con ! marmonna Bloken. Aculé de ta mère !

— Ça suffit ! » dit Damisa à ses hommes.

Le samanja Show et le kaptin Gillafsie avaient entendu l'échange ordurier depuis leurs tranchées. Ils rampèrent jusqu'à la section D.

« Trois de mes frères manquent à l'appel, dit Damisa au Jap. Est-ce qu'ils sont avec vous ?

— Je n'ai aucun besoin de toi ni de tes frères, répondit le Jap. Tu ne me sers à rien, mort ou vif.

— Ces gars sont des types bien, cria Damisa. Au nom de Dieu, s'il te plaît, dis-moi s'ils sont en vie !

— On rejette toutes les fautes sur le seuil de la hyène, répondit le Jap. Mais jamais elle n'a volé une balle de coton. Je tue les hommes, je ne les vole pas.

— Génial, ce proverbe, intervint Gillafsie. Où as-tu appris à si bien parler hausa ?

— Je ne te parlais pas à toi, putain de Blanc ! » rugit le Jap en anglais avant de mettre fin à la conversation par une pluie de Kiskas.

Plus jamais ils n'entendirent le Jap qui parlait hausa ; le destin du samanja Grace demeura pour toujours un mystère.

Guntu déclara que ça prouvait bien ce qu'il disait : le samanja Grace avait été enlevé par des Japs déguisés en arbres.

« En ombres tu veux dire », le reprit Bloken en pouffant de rire.

Mais Banana ne pouvait s'empêcher d'être d'accord avec Guntu.

« Le samanja Grace doit être avec ces infidèles, dit-il. Qui d'autre aurait pu apprendre à ces mécréants à parler hausa ? »

Damisa secoua la tête.

« Cet homme n'aurait pas pu apprendre à parler aussi bien en une semaine, affirma-t-il. Et il n'a certainement pas pu apprendre à parler hausa avec Grace, ou alors c'est un vrai sorcier, parce qu'il a appris à mieux parler que son maître. Le hausa de Grace n'est pas aussi bon que ça. »

Grace était un Gwari. Il avait tendance à s'embrouiller dans les conjugaisons.

« Mais comment elle a su qu'on y avait ici des sodas hausas ? » demanda Godiwillin, qui avait tendance à mélanger les pronoms quand il parlait hausa. La dame dont il parlait était le soldat japonais qui n'avait pas du tout une voix de dame.

« Il est possible que les Japs aient intercepté certaines de nos communications, leur dit le kaptin. Il y a à Londres une grande école appelée l'École d'études orientales, où on enseigne beaucoup de langues du monde entier. Le shehu qui a écrit le premier kamus y enseigne. C'est sûrement là que le Jap a appris le hausa. Jusqu'à ce que la guerre éclate, beaucoup de Japonais étudiaient en Angleterre. »

Banana savait ce qu'était un shehu. C'était un mallam très sage qui avait lu beaucoup, beaucoup de livres. Mais il ne savait pas ce qu'était un kamus.

« Un kamus, dit Danja, quand Banana lui posa la question, est un gros livre qui te donne la signification des mots.

— Pourquoi on a besoin d'un livre pour nous donner la signification des mots ? On peut pas simplement demander à quelqu'un ?

— Je crois que c'est justement pour que tu n'aies pas besoin de demander.

— Mais j'aime parler aux gens !

— Oui, mais imagine que la personne à qui tu poses la question ne connaisse pas la réponse ?

— Eh ben dans ce cas, dit Banana, je demanderais à quelqu'un d'autre.

— Eh bien alors, tu n'as pas besoin d'un kamus.

— Comment ça marche ?

— Un kamus ? C'est simple. Pour vérifier, par exemple, dans un kamus ce que veut dire "kamus", tu vas à la lettre *k*.

— Pourquoi ? demanda Banana, qui était tout à fait perdu.

— Parce que si tu cherches à la lettre *j* ou à la lettre *l*, expliqua patiemment Danja, tu n'y trouveras pas "kamus".

— Pourquoi pas ?

— Parce que "kamus" commence par un *k*, déclara Danja exaspéré.

— Et pour "shehu" ?

— "Shehu" commence par *sh*. » La lettre *sh* est la vingt-troisième lettre de l'alphabet hausa. « Pour chercher la signification de "shehu", tu cherches à la lettre *sh*.

— Je sais ce qu'est un shehu, dit Banana.

— Eh bien alors, dit Danja, tu n'as pas besoin d'un kamus. »

Pendant que Danja et Banana bavardaient calmement, la conversation s'était éloignée du samanja Grace et du Jap qui parlait hausa. Le kaptin Gillafsie leur disait combien le Janar était pieux, et comment cette piété était parfois source de malentendus avec certains soldats qui servaient sous ses ordres et qui, eux, n'étaient pas vraiment pieux.

« Peu avant de mourir, dit Gillafsie, le Janar a rendu visite aux Cameronians – les fusiliers écossais – quelques jours avant qu'ils s'envolent pour Chowringhee. On sait que le Janar Wingate a toujours aimé parler à ses hommes. Il aimait les rassembler autour du feu et leur parler. "J'ai de bonnes nouvelles pour vous, et de mauvaises aussi, a-t-il dit aux Écossais. La mauvaise nouvelle, c'est que vous allez être surpassés en nombre par les soldats de l'armée de Tojo, en Birmanie. La bonne nouvelle, c'est que vous allez les vaincre.—J'espère bien, Monsieur ! a dit un kofur en regardant d'un air interrogateur le casque du Janar. — Nous sommes tous des spécialistes des affaires de guerre, dit le Janar. L'ennemi vend de la peur et de la misère. Nous apportons l'espoir et le salut. En Birmanie, vous allez propager l'insondable miséricorde divine." Les yeux du kofur se sont voilés, quand le Janar a dit ça. Il avait toujours cru qu'il allait en Birmanie se battre pour son roi et son pays. "En Birmanie, a continué le Janar, vous serez les agents de la colère de Dieu contre l'empire du mal du général

Tojo. Vous triompherez en Birmanie parce que vous serez munis de l'arme la plus puissante jamais inventée, l'arme la plus imparable que l'homme ait jamais connue.— Et qu'est-ce que c'est, monsieur? a demandé le kofur. — Vous serez armés, a répondu le Janar, de l'épée de la Justice et protégés par le bouclier de la Vertu. Si Dieu est de votre côté, qui peut s'opposer à vous? Certains d'entre vous ne reviendront peut-être pas. Certains d'entre vous resteront sur les sentiers, sur les collines de Birmanie, pour en fertiliser le sol. Mais c'est la nature de la guerre. Dites-moi, soldat, qu'est-ce que vous en pensez? a demandé le Janar au kofur. — Eh bien, a répondu l'Écossais, vous et votre foutu Dieu pouvez très bien vous en sortir sans moi, monsieur." »

Même Banana, qui s'inquiétait toujours que quelqu'un puisse dire de telles choses sur Dieu, trouva l'histoire amusante. Après l'enfer interminable de la semaine passée, il n'avait aucun mal à se mettre à la place des Cameronians.

« Une autre fois, dit le kaptin Gillafsie, pendant la première campagne des Chindits, le Janar et la colonne qu'il commandait se sont retrouvés à court de vivres. Ils fuyaient les Japs depuis deux semaines et ils avaient trouvé trop risqué de demander un parachutage de ravitaillement. Quand ils ont enfin réussi à semer les Japs, le Janar a appelé le quartier général de la brigade par radio et il a dit : "Oh, Seigneur, donnez-nous aujourd'hui notre manne du Ciel!" L'opérateur radio du quartier général de la brigade s'est figé le temps de comprendre ce que le Janar voulait dire. Puis il a répondu : "Le Seigneur a entendu votre prière." Et quelques heures plus tard, un Dakota a survolé le bivouac de la colonne et lancé les parachutes, qui ont déposé soixante miches de pain. »

Quand il cessa de rire avec les autres, Banana se tourna vers Danja pour lui demander ce qu'était cette « manne du ciel », et puis, si le Janar et ses hommes n'avaient plus à manger, pourquoi le quartier général de la brigade leur avait-il envoyé seulement soixante miches de pain ? Est-ce qu'il n'y avait plus de rations K au quartier général ? Danja dit qu'il n'en savait rien. Tout ce qu'il savait, c'était que cette histoire devait être drôle si le kaptin et tous les autres l'avaient trouvée drôle.

« J'ai entendu dire, confia le samanja Show au kaptin Gillafsie, que d'un jour à l'autre, la Ville Blanche allait être évacuée et abandonnée.

— Est-ce que ça veut dire qu'on rentre en Inde ? demanda Godiwillin, dont le visage s'illumina.

— Pas une foutue chance ! répondit le kaptin. On est là, en priorité, pour harceler les Japs, et c'est bien ce qu'on a fait, ici, dans la Ville Blanche. Le janar Lentaigne pourrait bien décider qu'il est temps de déplacer le spectacle sur une autre scène. Mais cette scène ne se trouvera pas en Inde. Ce sera ici, dans un autre coin de cette putain de jungle. J'ai entendu parler d'un projet de créer une forteresse plus loin au nord. J'ai entendu dire qu'on l'appellera Blackpool. C'est probablement notre prochaine destination. J'ai même entendu des gens délirer sur la possibilité de nous envoyer soutenir les Américains en Chine. Mais pour l'instant, ce ne sont que des paroles. Jusqu'à ce que le janar Lentaigne prenne une décision, personne ne sait ce qui va nous arriver. »

Le général Lentaigne avait été nommé commandant en chef des Chindits après la mort du général Wingate. Personne ne connaissait le général Lentaigne, parce que, contrairement à Wingate, jamais il n'allait voir ses troupes sur les champs de bataille. Jamais il ne rassemblait ses hommes autour d'un feu pour bavarder avec eux. Certains disaient que c'était parce qu'il détestait prendre l'avion. D'autres faisaient remarquer que Wingate détestait l'avion, lui aussi, mais qu'il n'en venait pas moins voir ses hommes, parce qu'il savait que ça prouvait qu'il se préoccupait de leur sort. Tandis que le janar Wingate avait commandé du front, son successeur commandait de l'arrière. On disait que le nouveau commandant en chef refusait de venir les voir parce qu'il détestait le janar Wingate et parce que, bien que Chindit lui-même, le janar Lentaigne trouvait que les Chindits étaient une perte de temps. Certains disaient que les huiles avaient confié ce poste à Lentaigne au lieu de choisir un autre général plus en accord avec la manière de penser de Wingate précisément parce que, Wingate hors jeu, les bureaucrates du quartier général en Inde, qui détestaient, méprisaient et craignaient Wingate quand il était en vie, avaient décidé de détruire sa création. Lentaigne, disait-on, était un administrateur qu'on envoyait là pour retirer du jeu un pion dont on considérait qu'il n'était plus important.

Les théoriciens de la conspiration, dont faisaient partie presque tous les meilleurs commandants chindits, appuyaient leurs dires sur le fait que, lorsque la nouvelle de la mort de Wingate était arrivée en Inde, la réaction de tous les ronds-de-cuir dans les couloirs du quartier général fut de laisser éclater leur joie. La paranoïa des Chindits sera validée après la guerre, quand même les chroniqueurs officiels de l'armée, en traitant de la carrière de Wingate, feront des prodiges pour minimiser le rôle que joua le Janar dans la campagne de Birmanie. Après la guerre, la réputation de Wingate restera dans l'ombre pendant dix ans. Seule une traduction en anglais des Mémoires des généraux japonais qui le combattirent commencera à réhabiliter son nom.

Dans un récit après l'autre, les membres du *Gunreibo Socho*, le commandement de la Marine impériale japonaise, révélèrent l'impact psychologique qu'eurent les Chindits – dont ils surestimèrent énormément le nombre –, qui les repoussèrent dans leurs retranchements au prix d'énormes conséquences. Ils fracassèrent le mythe, auquel eux-mêmes croyaient, selon lequel les Japonais étaient invincibles dans la jungle. Les Japonais avaient conquis la jungle non parce qu'elle les favorisait plus que les autres mais parce qu'elle favorisait les hommes courageux et que les Japonais avaient un courage stupéfiant et une audace hallucinante. Et ils le savaient.

Pour cette raison, ce fut un énorme choc quand ils durent affronter un groupe bien informé mais hors normes, aux tactiques incompréhensibles et qui tournaient souvent en ridicule leurs actions les plus téméraires. Dans le contexte plus large du théâtre birman, ce que les Chindits leur infligèrent ne représenta guère plus qu'une égratignure au bout du nez, mais le coup qu'ils leur portèrent au moral fut tout autre chose. Les stratagèmes effrontés de Wingate prirent le commandement japonais à contre-pied et l'amenèrent à faire les pires bourdes tactiques, qui allaient finalement leur coûter l'issue de la guerre en Birmanie.

« J'ai entendu toutes sortes de discours, dit Gillafsie, mais comme aurait dit le Janar, tout ça c'est de la furofagande. Tout est furofagande. »

Les Chindits avaient de graves ennuis. Leurs pires ennemis n'étaient plus les Japonais. La mort du Janar les avait rendus orphelins. Ils étaient devenus une nuisance, une meute de chiens errants lâchés dans la jungle. Ils étaient là-bas pour tuer et être tués dans une campagne que leurs commandants, en Inde, considéraient avec autant d'hostilité que leurs adversaires japonais.

Ces tristes pensées rongeaient Gillafsie, mais il n'avait pas l'intention de les exprimer devant ses hommes.

« Pour l'instant, dit-il avec un sombre sourire, il y a, de l'autre côté des barbelés, des Japs qui tentent de nous tuer. Notre boulot est de leur refuser ce plaisir. Notre boulot est de les tuer dès qu'on en a l'occasion. Et c'est exactement ce qu'on va faire. »

Il fouilla dans sa poche et en sortit une flasque de rhum. Tous ceux qui buvaient sortirent eux aussi leur ration de spiritueux. Damisa et Banana, qui ne buvaient pas, levèrent leur tasse de thé.

« Je porte un toast à ceux qui sont déjà morts, dit Gillafsie, et aussi au prochain qui mourra. »

Juste après le toast, Bloken se mit à chanter, tout doucement au début, puis à pleins poumons, et les autres reprirent en chœur.

« *On rentrera chez nous!* dit-il.

— On rentrera chez nous ! répondirent les autres.

— *On rentrera chez nous!* répéta-t-il.

— On rentrera chez nous ! reprirent les autres.

— *Oh mon père!*

— Chez nous !

— *Oh ma mère!*

— Chez nous ! »

Puis tous ensemble, ils chantèrent :

Quand je r'verrai mon foyer ?
Quand je r'verrai mon pays ?
Jamais j'oublierai chez moi.

Leurs voix durent sortir les Japonais de leur sommeil. Quelques secondes après qu'ils avaient commencé à chanter, ils entendirent le choc typique d'un seau à charbon et le hurlement assourdissant des dix mille fragments d'acier de l'obus de mortier qui explosait au-dessus d'eux.

« Furofagande jap, déclara Bloken.

— C'est tout à fait ça, Bloken, approuva Gillafsie en avalant une gorgée de rhum. Voyons un peu s'ils aiment notre furofagande ! »

Ils prirent leurs Brens.

9

Un matin, quelques semaines plus tard, sept hommes lourdement armés soulevèrent les barbelés Dannert et sortirent discrètement de la Ville Blanche. Ils avançaient avec précaution. Trois jours plus tôt, un des leurs, un homme dont ils ignoraient le nom parce qu'ils ne l'avaient pas connu quand il était en vie, était mort. L'homme sans nom, un soldat du génie qui connaissait ce champ de mines aussi intimement qu'un vigneron connaît le sol de son cépage, avait fait un pas à droite au lieu d'un pas à gauche, à moins que ce soit à gauche au lieu d'à droite, dans la sinistre vigne de la mort entourant la forteresse. Il avait explosé près des fruits de la vigne qu'il avait plantée lui-même.

Ko Ye marchait devant tous les autres, à la tête d'une file indienne très espacée qui avançait comme une procession. Entre lui et Damisa, qui fermait la marche, il y avait Godiwillin, Guntu, Danja, Banana et Gillafsie. A l'exception de Banana, dont le visage devenait plus poupin de jour en jour, face de lune qui ne se rasait pas parce qu'il n'y avait rien à raser, les visages des autres montraient qu'ils n'avaient pas connu de rasoir depuis des mois.

Damisa rappelait à Banana les descriptions du shehu Ousmane dan Fodio, l'érudit soufi qui, à peine un siècle plus tôt, avait fondé le plus vaste État-nation d'Afrique autour de la bannière d'un djihad.

Gillafsie ressemblait à Henry VIII, qui s'était marié de si nombreuses fois.

Si Long John Silver, le pirate, ou Hernando Cortés, le conquistador espagnol, s'étaient aventurés hors des brumes de l'Histoire ou du royaume de l'imagination et s'étaient posés sur les collines de Birmanie ce matin-là, ils auraient rencontré des hommes portant des barbes très semblables aux leurs.

Le moudjahid pieux et sobre, le roi qui divorça tant, comme le quartier-maître unijambiste et le gouverneur général de la Nouvelle Espagne de la Mer Océane auraient remarqué que ces apparitions maigres, mal nourries, étaient fort énergiques ce matin-là, marchant sous les taches de soleil qui filtraient à travers les feuilles gonflées comme des voiles des arbres hauts et si proches les uns des autres, et qui les dominaient comme les mâts vibrants d'un navire.

Les soldats barbus partaient rejoindre une compagnie qui avait demandé par radio des renforts après une escarmouche sanglante au village de Nyaung-gaing, à une dizaine de kilomètres de là.

Chaque homme arborait un badge illustré du Chinthé, un animal mythique au corps de lion, à la tête d'aigle, aux dents de dragon, aux oreilles d'âne et à la queue de serpent. Le Chinthé, symbole protecteur des pagodes bouddhistes de Birmanie, pouvait attaquer l'ennemi de neuf positions différentes d'un seul coup.

Comme dans toutes les marches de Chindits, aucun des hommes ne portait d'indication de son rang ni de son statut sur sa tenue de camouflage.

Il était interdit de saluer, car on savait que des snipers utilisaient parfois les saluts pour identifier les officiers et les prendre pour cibles prioritaires.

Chaque centimètre de leur trajet de la Ville Blanche à Maiganga – comme disait Banana – présentait un danger. A peine deux heures après leur départ, ils faillirent tomber sur une compagnie de soldats japonais qui venaient à leur rencontre. Ils eurent si peu de temps pour se cacher que, s'ils avaient tendu la main, ils auraient pu toucher les pieds des Japs depuis les buissons dans lesquels ils avaient plongé. Tandis qu'ils comptaient les pieds qui passaient devant eux, leur cœur perdait les pédales tant ils devaient lutter contre la tentation d'ouvrir le feu. Et chacun savait que cette pensée traversait aussi sûrement l'esprit de tous les autres, et tous savaient que ce serait suicidaire de céder à cette envie pressante. C'était une chose de déclencher une embuscade soigneusement préparée et une autre, très différente, pour sept hommes de s'attaquer à trois cents autres sur un coup de tête.

Après ce désastre évité de justesse, ils s'écartèrent franchement des sentiers et empruntèrent une route un peu plus longue à travers la jungle.

Hormis la chaleur omniprésente qui s'abattit sur eux à midi et transforma la jungle en four de boulanger, hormis les rayons de soleil qui les frappaient comme des couteaux, le trajet eut presque des airs de vacances.

10

Ce furent à coup sûr des vacances, comparé à la prison de la Ville Blanche. Pendant les semaines précédentes, tandis que les attaques japonaises étaient devenues un simple désagrément nocturne quotidien, la forteresse avait pris l'allure d'un purgatoire habité par la mort et la maladie. L'odeur dans l'enceinte et à ses abords était devenue abominable. Les hommes avaient l'impression d'être enfermés dans un bidon étanche rempli de méthane.

Les effluves n'émanaient pas seulement des hommes qui avaient cessé de se laver depuis que la Rivière Boueuse était devenue une morgue flottante ; ils n'émanaient pas seulement des mules mortes dispersées dans tout le périmètre ; ils n'émanaient pas seulement de l'épidémie de flatulences qui affectait déjà un homme sur deux dans la forteresse. Ils émanaient avant tout, sous une forme âcre et tenace, des corps en décomposition de près de deux mille Japonais accrochés en une infinie variété de contorsions morbides aux barbelés qui entouraient la forteresse.

La puanteur était si puissante que les pilotes survolant la Ville Blanche se guidaient grâce aux miasmes putrides qui leur agressaient les narines alors qu'ils étaient encore à des kilomètres de là.

Dix mille charognards fondaient sur les barbelés chaque matin et ne repartaient qu'à contrecœur le soir, quand les premiers seaux à charbon arrivaient et qu'ils savaient que les hommes allaient se lancer une fois de plus dans cet étrange rituel, qui ne manquait jamais de remplir leur garde-manger consommé avec avidité. Les oiseaux à tête chauve devenaient si paresseux qu'ils ne quittaient plus le sol, de leur arrivée au banquet le matin jusqu'à ce que les obus de mortiers les obligent à partir à la nuit. C'était une orgie fiévreuse pendant laquelle ils se gorgeaient des cadavres, émettant des cris rauques et puissants pour exprimer leur bonheur avant de s'effondrer au sol pour une sieste réparatrice, après quoi ils se levaient tant bien que mal et retournaient au festin des morts et des chairs en décomposition. Les vautours devinrent si gras que leur cou disparaissait dans leur menton.

Avec les oiseaux arrivèrent les mouches. Il y en avait des millions qui vrombissaient partout dans la forteresse, plaie pire qu'un nuage de sauterelles.

Les occupants du lieu, aux abois, ne reculaient devant aucun moyen pour se débarrasser des corps, y compris la chaux vive et le lance-flammes. Rien n'y faisait.

Très vite, des hommes tombèrent malades, souffrant de symptômes allant de la flatulence à l'anorexie, aux vomissements, à la dysenterie, aux brûlures d'estomac, aux crampes musculaires et à la dépression.

Ajoutons à cela une recrudescence soudaine de malaria, surtout chez les soldats blancs, de pieds des tranchées, de typhoïde et d'états mystérieux caractérisés par une sensation de brûlure, de chatouilles et de démangeaisons sur tous les membres – et bientôt la Ville Blanche ne fut plus qu'une vaste infirmerie. Plus de Chindits moururent de ces maux après avoir été évacués qu'il n'en mourut sous les balles japonaises. Les huiles, en Inde, ne s'en préoccupaient guère mais ne s'en désintéressaient pas vraiment non plus. On envoya des médecins. Des dizaines de parachutes descendirent dans le périmètre, apportant des caisses de médicaments.

Mais ce que tout le monde voulait plus que tout, c'était sortir de la Ville Blanche. Ils voulaient sortir de l'immonde puanteur de la forteresse, mais pas nécessairement du pays. Peu d'entre eux étaient enclins à partir avant que soit terminé le travail qu'on leur avait assigné en Birmanie, et ce travail ne serait terminé que lorsque le dernier soldat japonais serait bouté hors de ses frontières.

Toute mission qui faisait sortir des soldats de l'enceinte était donc considérée comme un luxe.

Il n'y avait que deux missions concevables dans la jungle, hors de la forteresse : la première, dangereuse mais assez facile, était d'aller chercher de l'eau potable dans un ruisseau proche de l'enceinte.

La seconde – la plus dangereuse pour un Chindit – était d'être envoyé dehors à découvert pour faire sauter des ponts ou tendre une embuscade. Beaucoup de Chindits moururent aux mains des Japs ou furent avalés par la jungle lors de ces missions spéciales – encore plus que n'en tuèrent les seaux à charbon, toutes forteresses réunies.

Auparavant, être désigné pour de telles missions était considéré comme une mauvaise nouvelle. Désormais, tout le monde les recherchait. C'est pourquoi la section D explosa de joie quand le kaptin Gillafsie dit aux hommes qu'ils allaient l'accompagner à Maiganga. Même Guntu, dont la peur des arbres et des ombres ravisseuses était toujours aussi vive, réagit par une attitude qui pouvait passer pour de la joie : le visage très triste, il exécuta un double saut périlleux.

Si Bloken ne partit pas avec eux, c'est parce qu'une forte diarrhée l'avait tant affaibli qu'il ne pouvait même pas sortir de la tranchée sans aide.

11

Bloken était en larmes quand la section D quitta la Ville Blanche sans lui. Comme il pleurait, un rayon de soleil se glissa dans la tranchée, rebondit sur sa toute nouvelle dent en or – butin de guerre fraîchement récolté dans la bouche d'un Japonais mort – et éclaira le mur près de lui.

Bloken accusait ses amulettes de l'avoir laissé tomber. Elles l'avaient laissé tomber parce que, à Gboko, son village natal au Tivland, il les avait achetées au vendeur d'huile de serpent au lieu d'aller voir le Grand Prêtre, dont les amulettes coûtaient une pièce de plus. Ce n'était pas parce que Bloken était un miséreux ; le jour où il avait acheté les amulettes, il s'était enivré au doux vin de palme et surtout à un puissant alcool blanc maison appelé Pousse-Moi-Je-Te-Pousse, parce qu'un homme ivre grâce à lui arrivait à un état d'étourdissement où il se sentait avancer, reculer, monter, descendre et marcher à gauche et à droite en même temps, quand en fait il se contentait d'osciller sur place.

Puis il avait bu plusieurs litres de Burukutu, une bière de malt acide à base de millet fermenté.

Il avait continué avec un verre de Pito, un superbe digestif qui ne faisait rien digérer du tout. Le Pito, comme le merveilleux Burukutu, était un cidre hallucinogène tiré du maïs et du millet, mais qu'on ne faisait fermenter que moitié moins de temps.

Il avait ajouté à tout ça des fumettes de wee-wee, une herbe médicinale aromatique dérivée des fleurs séchées du meilleur chanvre artisanal de Gboko.

Ce genre de cocktail ne pouvait laisser le cerveau intact, et il produisait un effet curieux : sous son empire, Bloken cassait des bouteilles sur son crâne chauve pour montrer comme il était costaud.

Pour épicer le tout, il avait une fille accrochée à chaque bras. C'étaient deux superbes anges, Patience et Angerina. Elles se prétendaient sœurs, mais il savait que c'était une plaisanterie. A dire vrai, il n'aurait pas été surpris qu'elles le fussent, car elles étaient aussi belles l'une que l'autre. Il n'arrivait pas, honnêtement, à se souvenir de les avoir levées. Mais elles étaient les plus beaux anges qu'il avait levés et qui n'étaient pas des sœurs depuis les dernières superbes sœurs qui étaient aussi des anges et qu'il avait levées dans un bar dont il n'arrivait à se souvenir ni du nom ni du lieu, sans doute parce que ces bars n'existaient pas en vrai.

Les beaux anges et les sœurs angéliques gravitaient tout simplement vers le champ magnétique de l'argent dans sa poche. Que pouvait-il demander de plus à la vie ?

Bloken était tellement pété qu'il pouvait à peine marcher, mais Patience et Angerina étaient tombées follement amoureuses de lui, ce qui était merveilleux parce que Bloken était aussi tout chamboulé d'amour pour elles. Entre elles deux, les sœurs le portaient à moitié, quand elles ne le traînaient pas, vers l'endroit où il leur avait dit qu'il voulait aller. Tous trois chantèrent joyeusement pendant le trajet. Les filles arrêtèrent de chanter mais aussi de respirer quand Bloken se mit à chanter. Elles lui dirent qu'il avait la plus belle voix qu'elles avaient jamais entendue. Ce n'était pas un mince compliment : tout le monde à Gboko avait une belle voix. Tous les habitants de Gboko étaient de superbes chanteurs. Les enfants de Gboko sortaient du ventre de leur mère en poussant une note parfaite.

Malheureusement pour Bloken, les superbes sœurs furent si enchantées par sa superbe voix qu'elles tournèrent dans la mauvaise rue et l'entraînèrent au mauvais endroit.

Dès cet instant, son destin fut scellé.

Bloken était vraiment un gentil garçon, un fermier dur à la tâche. Il n'avait décidé de venir en ville que pour le festival du nouvel igname. C'était la veille du jour où il allait poser sa faux et rejoindre des milliers d'autres gamins tivs qui avaient répondu à l'invitation spéciale de l'officier recruteur, lequel leur avait dit que les Tivs étaient un peuple martial, une race de grands guerriers, et qu'ils devaient venir dans son bureau le premier jour de marché après le festival marquant la fin de la récolte d'ignames pour recevoir les shillings du roi. Peu importaient les shillings du roi ! Ce que Bloken voulait vraiment, c'était aller dans cette putain de saloperie d'Inde. Il se foutait de ce qu'il devrait faire dans cette putain de saloperie de Bimani tant qu'il allait dans cette merveilleuse putain d'Inde dont il avait tellement entendu parler.

Bloken adorait la musique swange. Il aimait en particulier la musique swange de Louis Armstrong, Benny Goodman et Fletcher Henderson. Il espérait qu'ils avaient de la musique swange en Inde.

Mais Bloken n'était pas idiot. Il savait qu'il ne pouvait prendre de risques contre ces Japs qu'il était sûr d'affronter en Bimani. C'est pourquoi il décida de se garder des balles avant d'aller se battre pour Lehoua Joj.

Malheureusement pour lui, il était complètement défoncé le jour où il choisit de mener cette mission à bien, et ce ne fut pas leur faute si Patience et Angerina, les amours de sa vie, l'emmenèrent au mauvais vendeur de pare-balles.

Le vendeur d'huile de serpent prit l'argent durement gagné de Bloken et lui donna un chapelet de perles remplies de rien d'autre que de sable ramassé sur les rives de la Katsina-Ala.

C'étaient ces fausses amulettes, décida Bloken, qui lui avaient donné la chiasse alors qu'il aurait pu être dehors, en route pour Maiganga. C'était la plus grande déception que Bloken avait connue de toute sa vie, mais il n'avait que dix-huit ans et chaque nouvelle déception était la plus grande déception de sa vie.

La vie de Bloken Yahimba fut sauvée par la plus grande déception de sa vie.

12

C'est au crépuscule que Ko Ye rencontra la mine.

La marche avait été plus facile qu'ils l'avaient craint. Presque tout du long, ils avaient progressé sur une pente douce qui ondulait dans la jungle. Si elle n'était pas terrifiante, elle leur avait pourtant rappelé, en leur coupant le souffle, qu'il fallait rester humble.

Ils traversèrent des forêts de margousiers hauts et fins, de grands chênes bien larges et de tecks jatis. Ils jouirent du spectacle infini du gulmohar flamboyant dont les longues branches dorées s'ornaient de feuilles comme des plumes émeraude et de fleurs d'un lumineux corail. Ils tombèrent sur des manguiers et se gorgèrent des fruits mûrs et succulents qui tombaient en pluie sur le sol dès qu'ils saisissaient une branche et la secouaient.

Un python descendit de l'arbre avec les mangues. Guntu, qui avait vu beaucoup de serpents dans les manguiers chez lui, le coupa en deux d'un coup de son adda.

Quand la marche reprit, Danja et Banana, qui étaient à l'arrière, continuèrent à manger leurs mangues en parlant de la lettre reçue du samanja Pash. Le samanja avait écrit à la section D depuis son lit d'hôpital à Calcutta, où il se remettait de son amputation.

« Alors, maintenant, il a une jambe de bois ? demanda Banana, qui était de garde la nuit où la lettre était arrivée.

— Pas encore, répondit Danja. Il faut attendre que la blessure cicatrise avant de lui donner une jambe de bois.

— C'est difficile d'imaginer Pash avec une jambe de bois.

— Je préférerais avoir une jambe de bois que finir comme Dogo – Dieu veille sur lui. Pash a eu de la chance. Ils vont même le renvoyer chez lui le mois prochain. Il va prendre un bateau pour Lagos.

— Il est de Lagos ?

— Il est d'Abbeykutey.

— Où c'est, ça ?

— Pas loin de Lagos.

— Il va reprendre son ancien boulot aux chemins de fer, à Minna ?

— Qui sait ?

— C'est triste, pour son père. C'était un cobra ?

— Non. Je crois pas.

— C'est une terrible manière de s'en aller.

— Je crois que c'était une vipère des pyramides.

— Aïe. Aïe. Aïe. Pourquoi est-ce qu'on ne l'a pas dit au samanja Pash ?

— Le kaptin dit que le télégramme s'est perdu en Inde. Quand il est arrivé ici, Pash était déjà à Calcutta.

— Il ne sait donc toujours rien ?

— Je crois pas. Il y a eu des lettres de chez nous ces derniers temps ?

— Pas pour moi. Et toi ?

— Pas pour moi non plus, dit Danja. Guntu en a reçu une, il y a quelques semaines. Son frère lui a écrit pour lui annoncer que sa femme venait d'avoir des jumeaux.

— La femme de Guntu a eu des jumeaux ?

— Deux beaux petits sodas.

— Dieu est grand.

— La grossesse de cette pauvre femme a duré quinze mois.

— Je ne savais pas que c'était possible, dit Banana.

— Moi non plus. C'est un miracle.

— Je me demande pourquoi Guntu n'en a pas parlé.

— Je crois que c'est parce que ça le gêne un peu.

— En quoi c'est gênant ?

— Tu connais Guntu. C'est un homme modeste. Il veut pas que les gens croient qu'il y a quelque chose de spécial chez lui.

— Je serais heureux si une chose pareille m'arrivait. Je courrais l'annoncer à tous ceux que je connais.

— J'en suis certain, dit Danja. Je voudrais te poser une question, Ali. Ne sois pas embarrassé. Est-ce que tu as déjà couché avec une femme ? »

Banana rougit et gloussa.

« C'est une affaire sérieuse, déclara Danja. Nous devons y remédier dès que nous reviendrons en Inde. Bloken a trouvé un endroit à Bombay, pendant la semaine qu'on y a passée. Il y retournait chaque soir. Je l'ai accompagné, une fois. Enfin, deux. C'était formidable, Ali. Tu adorerais ça. J'y suis retourné trois fois.

— Décide-toi. Combien de fois y es-tu allé ?

— Chaque soir. Il faut que je te parle de ces filles de Bombay, Ali...

— Je croyais que tu étais marié.

— Je le suis. Par la grâce de Dieu, je le suis. Mais qu'est-ce que ma femme a à voir avec ça ?

— "Ne t'approche même pas de la fornication !" C'est ce que dit le Grand Livre.

— Tu parles comme le samanja. C'est exactement ce qu'il m'a dit à Bombay. Il croit connaître la vie, mais c'est pas vrai. Il ne sait que tuer. Est-ce que tu connais bien le Grand Livre ?

— Assez bien.

— Tu vas donc apprécier ces belles paroles que le Prophète en personne nous a adressées, à nous, misérables fils d'Adam : "Et tout ce qui vous a été donné c'est de jouir de la vie de ce monde et de ses délices."

— C'est pas tout.

— Tu as raison. Il y a plus que ça dans le Livre saint.

— "Et ce qui est avec Dieu est meilleur et restera à jamais. N'as-tu pas d'esprit ?" C'est ce que ça dit, à la fin de ce verset.

— J'allais justement en venir à ce passage, dit Danja. Des paroles merveilleuses. Des paroles de sagesse.

— Et ça ne dit rien de la fornication.

— C'est tout à fait vrai. Mais je vais t'emmener voir ces filles, quand on rentrera à Bombay, même s'il faut que je t'y traîne. Et j'irai jusqu'à payer de ma poche.

— Pourquoi est-ce que tu y tiens tant ? demanda Banana.

— J'y tiens, répondit Danja d'un ton soudain furieux, parce que la vie est une cruelle farceuse, Ali ! On est là, et la minute d'après on n'est plus là. Il faut vivre pleinement. Est-ce que tu crois vraiment que la femme de Guntu a porté ces jumeaux dans son ventre pendant une année et trois mois ? Est-ce que tu crois vraiment que ce sont les Japs transformés en ombres et en arbres qui lui ont fait perdre l'esprit ? L'innocence est une vertu dangereuse, Ali, et je t'en débarrasserai, dussé-je finir dans les flammes de chacun des sept enfers l'un après l'autre ! Comprends-moi bien, tu es un soda courageux, un brave combattant. Mais tuer des hommes ne fera pas de toi un homme. Je ferai de toi un homme, Ali. Je te dévoierai, si Dieu m'en donne la force. »

Banana pouffa de rire.

« Je le ferai, je le ferai ; souviens-toi de ces mots. Je le ferai, dit Danja en appuyant ses paroles de coups de doigts sur la nuque de Banana. Il est possible que tu ne me remercies pas, mais je ne le fais pas pour obtenir ta gratitude. Je suis un pêcheur, Ali. Je sais deux ou trois choses des dangers de l'innocence. Un cours d'eau furieux te pardonnera ta stupidité, mais il ne te pardonnera pas ton innocence. Un pêcheur innocent est un pêcheur mort. Si Dieu le veut, mon frère, toi et moi nous goûterons aux plaisirs de Bombay. La virginité est une maladie curable. Que le péché retombe sur ma tête. »

Ils progressaient parmi les ifs, les noyers, les marguerites bleues violacées au cœur jaune, les rhododendrons pourpres cramoisis, les magnolias blancs, les orchidées en forme de pantoufles, les églantines jaunes, les pavots bleus, les merisiers, les lys rouges, les cornouillers en fleur, les gentianes bleu de cobalt sans tiges, les cyprès, les chardons, les mousses et le superbe et malodorant rossolis qui attirait moustiques, moucherons, araignées, papillons, criquets et sauterelles sur ses feuilles et les retenait dans le liquide poisseux qui les recouvrait, un suc digestif qui dissolvait leurs corps quand la feuille en forme de cuiller se refermait soudain sur eux, les piégeant à l'intérieur comme dans une urne funéraire.

Ils virent une panthère nébuleuse qui traînait en haut d'un grand figuier des pagodes un cerf criant son agonie.

Ils virent toute une forêt de cyprès presque complètement annihilée par le figuier étrangleur – un fier membre de la tribu des banyans parasites qui commence en général sa vie sous forme de graine inoffensive au pied ou au sommet d'un autre arbre avant de tendre lentement des racines bien à lui, lesquelles finissent par former un réseau dense qui enserre le tronc du malheureux hôte et l'étrangle, le privant de soleil et de toute la nourriture qu'il pourrait tirer de ses racines, jusqu'à ce qu'il s'étiole et meure, laissant un vide dans le tronc de l'étrangleur où l'arbre assassiné s'était dressé pendant des générations. Le figuier étrangleur est le prince des parasites.

Tôt dans la matinée, un éléphant sauvage apparut sur leur sentier et les mit au défi de le faire bouger. Ils s'inclinèrent devant Sa Majesté et changèrent de route.

Ils étaient à moins de trois kilomètres de leur destination quand ils tombèrent dans une embuscade. A l'ouest, on aurait dit que le ciel était en feu. Les flammes passèrent rapidement du safran doré au pourpre et au brun, puis le quartz violet s'enfonça dans le ciel bleu nuit.

Devant eux coulait une rivière.

« Avec un peu de chance, dit Ko à Guntu derrière lui, on devrait être à Nyaunggaing dans moins d'une heure. »

Ce furent ses derniers mots. Ce furent aussi les derniers mots que Guntu entendit.

Ko enjamba soigneusement une tige de bambou d'apparence suspecte en travers du sentier. Il l'évita parce qu'il se dit que ça semblait annoncer une mine. Il était sur le point de se retourner pour mettre les autres en garde quand il sentit une résistance douce, presque imperceptible sous son pied. Il baissa les yeux et se rendit compte que son pied était pris sous ce qui ne pouvait être qu'un fil métallique relié au déclencheur d'une mine. Alors qu'il se figeait brutalement, Guntu le percuta et une seconde plus tard, des fruits métalliques lumineux tombèrent des arbres au-dessus d'eux comme les mangues qui étaient tombées à leur portée plus tôt, et ils explosèrent sous une dense constellation de balles crépitantes.

Ko Ye et Guntu n'avaient pas une chance de s'en tirer. Ils moururent sur le coup.

Les autres Chindits eurent à peine le temps de se remettre du choc qui les avait paralysés que l'aboiement très familier des mitrailleuses Nambu, si sec qu'il vous gelait le cœur, et le crépitement des fusils d'assaut Arisaka retentirent autour d'eux.

Banana resta debout, comme enraciné sur place,

absolument pétrifié, sans comprendre tout de suite ce qui leur arrivait. Du coin de l'œil, il vit Danja et Gillafsie basculer et rouler après avoir été touchés. Où étaient Damisa et Godiwillin ?

Puis quelque chose le frappa à la poitrine. Il crut que c'était une balle, mais non. C'était un coup de Damisa, et il se retrouva projeté en l'air avant de plonger tête la première, éberlué, dans la rivière en contrebas.

Les cours d'eau et la planète Mars étaient environ à la même distance du monde de Banana, avant qu'il devienne un Chindit. C'est pendant son entraînement qu'il découvrit qu'il était à l'aise dans l'eau. Mais pendant tous ces mois en Inde, il n'avait pas vraiment intégré qu'un jour il devrait se retrouver à retenir son souffle sous l'eau pendant que des balles et des grenades exploseraient au-dessus de sa tête. Il arriva vite aux limites de son endurance et commença involontairement à remonter à la surface.

Juste avant que sa tête émerge, il sentit quelque chose saisir son pied et le tirer dans les profondeurs. Il voulut aspirer de l'air et avala des litres d'eau saumâtre.

Il eut envie de vomir. Il vomit et avala encore de l'eau. Il s'agita violemment pour tenter de se libérer, mais la poigne de Damisa était ferme et, de sa seule main libre, il s'éloignait à la nage en longs gestes puissants, vers la rive nord de la rivière. Banana se retourna et tenta de le mordre, chaque fibre de son corps saisie de panique, chaque atome en lui hurlant de terreur.

La dernière chose qu'entendit Banana avant que son corps s'amollisse, que l'obscurité descende dans sa tête et qu'il perde conscience, fut l'écho assourdi des mitrailleuses.

13

Banana s'éveilla sous les coups de tonnerre.

Il ouvrit les yeux, cilla, les referma tandis que la jungle s'illuminait d'éclairs qui s'élevaient du sol comme un mur de lances enflammées et se percutaient juste au-dessus des arbres en grands jets de lumière dans un ciel furieux.

Les rideaux de pluie qui s'abattaient sur lui déchiraient son corps comme des coups de cravache. Pendant les brefs interludes où les éclairs brillants perçaient l'épaisse couverture d'obscurité qui l'enveloppait, il saisissait des images brouillées de la forme sans vie d'un homme étendu près de lui dans l'herbe.

Damisa était mort.

Retenant son souffle, Banana lui secoua le coude. Damisa ne réagit pas. Banana le toucha de nouveau. Damisa bougea. Il leva une main faible et la laissa retomber dans l'herbe.

Il était vivant. Damisa était vivant.

Le soulagement de Banana fut tel qu'il oublia l'averse torrentielle. Il oublia la terreur que lui inspiraient les arbres qui s'agitaient comme de méchants esprits ivres partout où portait son regard. Il oublia la forêt qui rugissait autour de lui et les animaux féroces qui passaient dans le noir. Il s'assit en tailleur et commença à se balancer d'avant en arrière, à se demander vaguement où il était, comment il était venu là et ce qui était arrivé à Damisa.

Une pluie battante tomba toute la nuit. Elle ne cessa brièvement qu'à l'aube, puis revint en une douce ondée fine et régulière.

14

Damisa allait vraiment mal. Quand Banana tenta de le déplacer, il hurla de douleur. Il arrivait à s'exprimer assez clairement et, sauf quand il crachait du sang en toussant, on ne voyait guère ce qui n'allait pas chez lui. Malgré ses grandes souffrances évidentes, il raconta à Banana ce qui s'était passé pendant que Banana était inconscient, la nuit précédente.

Heureusement, dit-il, ils avaient atteint la rive nord, quand Banana s'était évanoui. Damisa l'avait hissé hors de l'eau. Les Japs tiraient toujours dans la rivière. Des balles sifflaient derrière eux et s'enfonçaient comme des gouttes de pluie dans l'eau. Sous le ciel nocturne sombre, sans étoiles, où couvaient les orages de la future mousson, il avait tout fait pour ressusciter le farabiti. Ce n'était que lorsqu'il avait réussi et qu'il s'était relevé, Banana dans ses bras, pour s'éloigner de la rive, qu'il avait senti une douleur aiguë dans son dos.

Une balle s'était logée juste sous son cœur.

15

« Il va falloir que tu continues tout seul, dit Damisa d'un ton neutre. Tout est fini pour moi. »

Il n'y avait aucun apitoiement dans sa voix. Son visage prenait déjà le masque cendré de la mort.

« Maiganga n'est pas si loin, dit Banana. Si on arrive à Maiganga, le commandant pourra demander de l'aide par radio.

— Ils nous attendaient hier soir, lui dit Damisa. La mission pour laquelle ils avaient besoin de nous devait se dérouler ce matin. Le kaptin Gillafsie n'a pas dit de quelle mission il s'agissait. Mais ils ont déjà dû quitter Maiganga. Ne va pas à Maiganga. Retourne à la forteresse.

— Je crois que Will a lui aussi échappé aux Japs, hier soir, dit Banana. Il n'a pas pu aller bien loin sous cette pluie. Je ne l'ai pas vu entrer dans l'eau. Je crois qu'il est toujours quelque part sur la rive sud. Si j'arrive à le trouver, à nous deux, on pourra vous porter jusqu'à la forteresse.

— Tu ne comprends pas, Ali. On ne peut plus rien pour moi. On n'aurait rien pu même si c'était arrivé dans l'enceinte de la forteresse, dit Damisa les yeux fermés. Will ne s'est pas échappé. Je l'ai vu tomber. Il a été le premier frappé après que Guntu et Ko Ye ont sauté. Il a pris une balle pile entre les deux yeux. Will est mort, Ali, et je serai bientôt en chemin, moi aussi. Tu es le dernier survivant. Retourne à la forteresse et raconte-leur ce qui nous est arrivé.

— Je ne peux pas partir d'ici sans vous, samanja. Je ne peux pas faire ça.

— Est-ce que tu peux retrouver ton chemin jusqu'à la Ville Blanche ? demanda Damisa sans relever ce que Banana venait de dire.

— Oui, je peux y arriver. On peut y arriver tous les deux.

— N'approche pas de l'endroit où on a été piégés. Il pourrait rester des mines. Longe la rivière plus à l'est et trouve un gué sans danger pour gagner la rive sud. Une rivière, c'est toujours traître après de fortes pluies. Fais attention de ne pas te laisser emporter par le courant. Quand tu auras traversé, pars à l'ouest et trouve un moyen de reprendre la route qui nous a conduits ici. Ne t'approche pas du lieu de l'embuscade. Prends à six heures pendant environ huit kilomètres puis, quand tu seras aux figuiers tueurs, prends à trois heures et c'est tout droit jusqu'à la forteresse.

— On y retourne ensemble, samanja. Je ne vous laisse pas ici. »

Damisa eut un petit rire faible et sans joie. « Je ne peux pas bouger, Ali. Tu ne pourrais que me tuer si tu tentais de me déplacer. Tu parles à un homme mort, mon ami, dit-il avant que son corps soit de nouveau secoué par une quinte de toux qui lui fit cracher du sang. Tu devras aller voir ma femme, si tu passes un jour par Kano. Elle s'appelle Hasana. Elle tient une échoppe au marché de Kurmi, où elle vend des épices. Il y a des boucles d'oreilles dans mon sac à dos. Je les lui ai achetées en Inde. Dis-lui que j'ai connu une mort rapide et que je n'ai pas souffert.

— Je ne peux pas vous laisser là, samanja, répéta Banana d'une voix désespérée.

— Si tu restes, tu mourras, toi aussi, lui dit Damisa. Pas la peine d'être un shehu pour savoir qu'il y a des Japs quelque part dans cette boucle de la rivière. Tôt ou tard, une de leurs patrouilles viendra jusqu'ici. Pourquoi mourir tous les deux quand l'un de nous pourrait survivre ? Il faut que tu partes seul, mais je n'attends pas de toi que tu me laisses ici.

— Qu'est-ce que vous voulez dire ? demanda Banana du ton soupçonneux de celui qui avait parfaitement compris.

— Tu sais ce que je veux dire, Ali, dit Damisa. Tu

sais ce que les Japs font quand ils trouvent un des nôtres blessé. Ils lui coupent les membres et lui ouvrent le ventre. Si tu me laisses là, ce seront soit les Japs, soit les léopards ou les tigres qui feront le travail.

— Mes munitions sont trempées, dit Banana d'un air inconsolable. Et j'ai perdu mon sac à dos pendant l'embuscade, alors...

— Comme tu vois, j'ai toujours le mien, l'interrompit Damisa en lui montrant le sac à dos qu'il avait attaché par une lanière à son poignet après avoir été touché. J'ai là deux revolvers dans un sac en plastique, et ils sont tous les deux chargés. »

Banana ne bougea pas.

« Je le ferais moi-même si j'en avais la force, dit Damisa d'un ton presque suppliant. C'est la seule chose que tu peux faire pour moi, Ali, rien d'autre. »

Banana ouvrit le sac à dos et trouva le sac en plastique. Il en sortit un revolver Enfield et un Browning P-35 Hi-Power. Il remit l'Enfield dans le sac et regarda le P-35 avec dégoût.

« Sors la couverture, dit Damisa. Tu l'utiliseras pour étouffer le bruit du coup de feu. Il pourrait y avoir des Japs tout près. »

Banana sortit la couverture du sac à dos.

« Merci, Ali. Je sais que ce n'est pas facile pour toi, mais tu ne peux même pas imaginer combien je souffre. C'est dommage, mais c'est la vie. Pourtant, j'ai eu une très bonne vie, tu sais, et beaucoup de bons amis. Et jamais je n'oublierai mes amis de la section D. Ni le kaptin non plus ; c'était un type bien. Il fait froid, dit-il avec un frisson. Je suis prêt, si tu l'es aussi. »

Damisa ferma les yeux et attendit patiemment la mort.

Banana vérifia le chargeur double du pistolet pour s'assurer qu'il était bien plein.

« Au revoir, samanja », dit-il.

Damisa ne dit rien.

« Merci de m'avoir sauvé la vie », dit Banana.

Damisa ne dit rien.

« On se reverra », dit Banana.

Mais Damisa ne répondit pas. C'était comme s'il était déjà mort.

Avec soin, Banana posa la couverture pliée sur le front de Damisa.

Avec soin, il plaça le canon du pistolet sur la couverture.

« Je suis sur le point de le faire », déclara-t-il. Il attendit que Damisa dise quelque chose. Mais Damisa ne répondit pas.

« Je suis sur le point de le faire, samanja », répéta-t-il comme un méchant gamin qui supplie qu'on l'arrête avant de mettre ses mauvaises intentions à exécution.

Les mains de Banana tremblaient.

« Parlez-moi, samanja, supplia-t-il tandis que des

larmes ruisselaient sur ses joues. Ne m'ignorez pas. Ne m'ignorez pas, je vous en prie.

— Ressaisis-toi, Banana, dit Damisa d'une voix rauque. Vas-y maintenant. »

Banana essuya ses larmes de son avant-bras et pressa la détente.

Un groupe de cincles bruns, qui prenaient le soleil sur un rocher tout proche, poussèrent des cris d'alerte et plongèrent au fond de l'eau où ils restèrent une longue minute. Quand les oiseaux ressortirent du ventre de la rivière, ils avaient laissé une distance plus saine entre eux et le bruit effrayant. Un chien sauvage curieux, qui avait surveillé les deux hommes toute la matinée, grogna, furieux, et déguerpit.

Banana resta longtemps agenouillé près du corps de Damisa.

Il enveloppa Damisa dans la couverture qu'il avait utilisée pour étouffer le coup de feu. Il trouva une corde dans le sac à dos et l'enroula autour des pieds, du cou et des cuisses de Damisa.

Il prit le sac du samanja et le hissa sur son dos.

Il s'agenouilla et souleva le corps. Damisa, véritable géant, était aussi léger qu'un nourrisson.

Sur la rive, Banana s'arrêta et dit une prière sur le corps de Damisa. Puis il le fit glisser dans les eaux gonflées par l'orage.

Il regarda le corps flottant dériver lentement vers l'ouest.

Il s'éloigna dans la direction opposée, non sans se retourner de temps à autre pour revoir Damisa. Il ne cessa de se retourner que lorsque le corps eut disparu au-delà d'un méandre.

16

Le trajet de Banana pour retourner dans la Ville Blanche fut d'une lenteur éprouvante. Ce n'était pas seulement parce que Banana était totalement épuisé ni que le chemin montait tout du long. Banana fut ralenti parce que, dans la nuit, le sol de la jungle s'était transformé en un lit de boue géant. Quand il n'avait pas de la boue jusqu'à la taille, le sentier était si glissant qu'il tomba plusieurs fois à plat ventre.

Il marcha toute la journée sous la pluie battante.

Quand il arriva aux figuiers étrangleurs, il faisait nuit, et il décida de s'arrêter. Il ouvrit une boîte de bœuf et la mangea sans prendre la peine de la réchauffer, bien que la pluie ait cessé et qu'il eût facilement pu faire du feu. Mais il savait qu'un feu pourrait attirer les ennuis si l'ennemi passait près de là.

Damisa apparut à l'instant où il prenait sa mépacrine et se préparait à se retirer pour la nuit. Banana tenta de lui parler, mais le samanja se contenta de rester planté là et de lui sourire, sans rien dire.

Banana se glissa dans sa tranchée. Il tira sur le trou les branches qu'il avait préparées et s'endormit presque immédiatement. Il fut réveillé à peine une heure plus tard par des vents qui hurlaient et des éclairs frénétiques annonçant de formidables coups de tonnerre. Quelques minutes plus tard, la pluie tombait à nouveau. Sa tranchée se remplit d'eau.

Il entendit des arbres qui s'effondraient à grand bruit autour de lui. Ça ne le dérangea pas du tout. Il vit la foudre s'abattre sur un arbre tout proche et le fendre en deux. Il ne pouvait plus prendre la peine de s'inquiéter. Il n'éprouvait plus que du mépris pour la mort.

Il lança son sac à dos dans le tronc creux d'un figuier. Un serpent surpris s'en échappa et s'enfuit. Banana monta dans le trou, posa sa tête sur le sac et se recroquevilla. Le magnifique arbre parasite oscilla quelquefois dans l'orage implacable et une fois, au cours de la nuit, alors que Banana dormait et qu'il se croyait éveillé, il pensa qu'il était en mer sur un navire qui le ramenait chez lui. Lehoua Joj lui apparut, vêtu de la robe de l'émir de Zaria. Sans raison apparente, Banana trouva cela incroyablement drôle et il éclata de rire.

Il riait encore quand il se réveilla au petit matin. Il se rendit compte que s'était soudain évaporé le profond sentiment de panique qui s'était emparé de lui depuis la semaine précédant son envol pour la Birmanie.

Il soupçonna que ça avait un rapport avec la mort de Damisa. La mort de Damisa avait été différente de toutes les autres.

Banana avait déjà tué bien des hommes et il en avait vu beaucoup mourir. Les hommes qu'il avait tués n'avaient pas eu de visage pour lui. Il ne les connaissait pas et ne les haïssait pas. Il n'avait rien ressenti en les tuant. Ils lui auraient fait la même chose. Il était un fantassin menant une guerre folle qu'il ne comprenait pas vraiment. Il ne comprenait pas pourquoi Lehoua Joj guerroyait en Bimani, si loin de l'Angleterre. Et ça lui était égal.

Il était en Birmanie pour livrer la guerre de Lehoua Joj, et il n'y avait rien à dire de plus.

Les Japs étaient les ennemis de Lehoua Joj, et il n'y avait rien à dire de plus.

Les Japs étaient ses ennemis.

Il tuait des Japs, sinon les Japs le tueraient.

Il n'y avait rien à dire de plus.

Mais c'était tout autre chose quand il s'agissait d'hommes qu'il côtoyait et dont il avait été témoin de la mort. C'étaient des hommes qu'il avait appris à bien connaître. C'étaient des hommes qui étaient devenus plus proches de lui que n'importe quel membre de sa famille l'avait jamais été. Ces hommes étaient ses frères et il les avait vus mourir l'un après l'autre. Il n'avait pas eu le temps de les pleurer, et il n'aurait su dire ce qu'il avait appris de leur mort, sauf que, la prochaine fois, ce pourrait être son tour. Et c'était une pensée terrifiante.

Jusqu'à la mort de Damisa, il pensait que rien de plus terrifiant que la mort ne pesait sur son esprit. La mort de Damisa avait changé tout ça.

A présent, c'était du mépris qui l'envahissait à l'idée de la mort.

Je me moque de toi, dit-il à la mort. Tu me fais rire.

Quand il se réveilla le matin, la pluie avait cessé. Le ciel était illuminé par le soleil.

Banana prit son sac à dos, sortit du tronc d'arbre et partit à l'ouest en chantant à tue-tête.

Il marcha tout le jour, empli d'une euphorie de plus en plus grande qui lui donnait envie de danser. Il s'arrêta donc et dansa, devant un public de singes médusés. Les singes le huèrent.

Au crépuscule, il arriva dans un coin de jungle qui lui parut très familier. Il se demanda s'il était près de la Ville Blanche. Mais il savait que c'était impossible. Il huma l'air. Il était trop propre. Il n'y trouva pas la puanteur de la mort.

Alors qu'il s'était arrêté pour se demander où il pouvait bien être, un serpent sortit d'un tronc creux et fila. Il se rendit compte de ce qu'il avait fait : il avait décrit un cercle complet et il se retrouvait à l'endroit qu'il avait quitté au matin.

Il fut reconnaissant au serpent. « Reviens, mon ami, cria-t-il au serpent. Il y a assez de place pour nous deux. C'est chez toi, je le vois bien. Il y a assez de place pour nous tous. »

Mais le serpent ne revint pas.

Banana fit du feu. Il sortit un paquet-repas, le dernier, et mit le bœuf, la barre de pâte de fruits, les biscuits, le sucre de raisin, la poudre de limonade et le thé dans sa casserole. Il ajouta un peu d'eau, remua le tout et fit bouillir.

Ce fut le meilleur repas qu'il avait mangé depuis son arrivée en Birmanie.

Il fut si excité par sa découverte culinaire qu'il voulut courir jusqu'à la tranchée de la section D et le dire à tous les autres. Il dut se retenir, parce qu'il pensa que ça risquait d'être trop dangereux à cette heure de la nuit. Les seaux à charbon ne tarderaient pas à arriver.

Après le repas, il alluma une Chesterfield et s'abandonna à la splendeur de ce qui l'entourait.

Cette nuit-là, il ne prit pas la peine de creuser une tranchée. Il jeta son sac à dos dans l'arbre creux et grimpa à sa suite.

Il plut toute la nuit, mais il ne se réveilla pas une fois.

Il se leva au matin et se retrouva couvert de sangsues. Il retira ses brodequins, son uniforme, son caleçon et ses chaussettes. Tout nu, il se regarda et trouva des milliers de petites créatures à l'air de limaces accrochées à son corps, de la tête aux pieds, qui lui suçaient le sang.

Il commençait à les retirer quand il se rendit compte qu'une fois que leur petit corps affamé était repu, les sangsues rétractaient tout simplement leur minuscule groin musclé et piquant, perforateur de chair, se détachaient de son corps et tombaient au sol dans une bienheureuse pâmoison. Il savait qu'elles étaient heureuses, parce que ces vers suce-sang, qui disposaient chacun de trois mâchoires en forme de scies armées d'une centaine de dents aiguisées comme des rasoirs et d'un estomac assez gros pour contenir cinq fois la taille de leur corps, se mettaient à danser immédiatement après être sorties de leur torpeur. Banana ne pouvait douter que les sangsues fussent d'humeur joyeuse en voyant leurs acrobaties, quand elles projetaient leur corps de haut en bas, se dressaient et retombaient, ce qui donnait l'impression qu'elles nageaient alors qu'elles étaient sur la terre ferme, en une danse d'extase et de gratitude.

« Servez-vous, mes amies, dit Banana aux sangsues. Il y en a encore plein en réserve. »

Elles étaient ses hôtes, après tout. Il eût été grossier de sa part de ne pas leur offrir à manger.

Il fourra son uniforme, ses brodequins, son slip et ses chaussettes dans le sac et il allait enfiler ses mains dans les bretelles et hisser son paquetage sur ses épaules quand il se rendit compte qu'il risquait d'écraser les pauvres petites créatures qui se nourrissaient dans son dos.

Il leur présenta des excuses profuses et remit le sac dans le tronc creux. Il inséra aussi son fusil dans le trou et jeta au loin son *adda.*

« Désolé de m'être introduit dans ta belle maison deux nuits de suite, dit-il d'une voix forte dans l'espoir que le serpent généreux était assez près pour l'entendre. En gage de gratitude, j'ai laissé un sac chez toi. Dans ce sac, tu trouveras deux pistolets, un fusil Bren, des munitions et quelques grenades. Tu y trouveras bien d'autres choses. Tu peux te servir de tout. Je t'aurais bien offert un étalon pour aller avec les armes, mais le seul cheval que j'aie jamais eu n'était pas du tout un cheval, en fin de compte. Finalement, c'était un âne, et il n'est plus de ce monde. J'aurais éprouvé un grand plaisir, mon noble ami, à te voir perché sur un cheval un fusil à la main. Est-ce que je t'ai parlé des pistolets ? Il y a un Browning et un Enfield. Ils sont à toi, dorénavant. Ils appartenaient tous les deux au samanja. Mais le samanja est mort et il n'en aura plus besoin. »

17

Sans armes, sans même un couteau de table sur lui, nu comme le jour de sa naissance, Ali Banana repartit à travers la jungle.

Je m'rappelle quand j'étais soda,
Je m'rappelle quand j'étais soda,
Je m'rappelle quand j'étais soda,
Je m'rappelle quand j'étais soda.

Youpi ya ya youpi youpi ya ya,
Youpi ya ya youpi youpi ya ya,
Youpi ya ya youpi youpi ya ya,
Youpi ya ya youpi youpi ya ya.

Il chantait encore quand il réussit enfin à regagner la forteresse, trois jours plus tard.

Il avait survécu en mangeant des sangsues.

Les sentinelles n'eurent à jeter qu'un seul coup d'œil à l'Africain nu qui chantait à tue-tête en approchant des barbelés pour décider de se précipiter à son aide et de le faire entrer. Son visage était si affreusement gonflé et couvert de morsures de sangsues qu'ils ne le reconnurent pas, mais ils savaient qu'un homme noir en Birmanie était forcément l'un d'entre eux. Tout ce qu'ils purent dire avec certitude, c'était que l'homme devait avoir dans les cinquante ans.

Banana délira de joie à la vue des Chindits. En dehors des milliers de petites blessures en forme de Y sur tout son corps et les quelques douzaines de sangsues nouvellement récoltées qui festoyaient encore sur lui, ils ne surent dire ce qui n'allait pas chez lui.

Il était tout sourires jusqu'à ce qu'on lui propose une couverture pour dissimuler sa nudité. « Le Janar, déclara-t-il, cracherait sur votre couverture. »

Et il cracha au nom du Janar.

Ils le conduisirent tout droit au quartier général de la brigade.

Il s'offusqua bruyamment quand le commandant de la brigade lui offrit un siège. « Vous ne voyez pas que j'ai des invitées ? s'écria-t-il en agitant un doigt furieux devant l'officier. Vous ne voyez pas qu'elles mourront si je m'assois sur elles ? »

Il retira de sa cuisse une sangsue particulièrement bien nourrie et la jeta dans sa bouche. « Elles m'ont dit que je pouvais les manger, expliqua-t-il en écrasant le ver entre ses dents. Elles ne voulaient pas que je meure. »

Le samanja Show, qui avait entendu parler de l'arrivée d'un Africain nu, entra à l'instant où Banana mettait dans sa bouche un autre mets de choix et fit immédiatement demi-tour. On l'entendit vomir dehors.

Quand le commandant interrogea Banana sur sa santé, Banana marmonna quelque chose à propos d'un serpent. « Il a été gentil avec moi, dit-il en hochant la tête d'émerveillement. Je lui aurais donné un étalon si j'en avais eu un. Où est Bloken ? »

Les lignes téléphoniques et les talkies-walkies de la Ville Blanche entrèrent précipitamment en action pour trouver Bloken.

Bloken, l'air d'un fantôme après avoir chié tout ce qu'il mangeait et perdu la moitié de son poids, arriva au quartier général fiévreux et hébété.

Banana fut ravi.

« Bloken ! cria-t-il au comble de l'excitation. Je suis si content de te voir, Bloken, mon frère. Je te serrerais bien dans mes bras, mais je ne peux pas, tu vois : mes amies sont en train de dîner. »

Bloken en resta bouche bée. Il fixait de ses yeux troubles le fou qui lui parlait. « Qui êtes-vous ? » demanda-t-il, sincèrement stupéfait. Il n'avait jamais vu cet homme auparavant.

« Bloken, c'est moi, annonça Banana d'une voix pleine d'amour. C'est moi, Ali Banana. Ça me fait tellement plaisir de te voir, Bloken. »

Bloken fondit en larmes.

Kurunkus kan dan bera.
C'est tout.
Qu'on coupe la tête du rat.

NOTE DE L'AUTEUR

Je dois beaucoup au regretté sergent James Shaw – qui fait une apparition dans ce roman sous le nom de Samanja Jamees Show, personnage fictif. Son inoubliable récit de l'expérience des Chindits, *The March Out*, m'a fait connaître la vraie vie d'Ali Banana (dont l'homonyme imaginaire est ici une pure invention et ne ressemble en rien à son prédécesseur historique). *Chindit Column*, du capitaine Charles Carfrae, m'a également été précieux. Ces ouvrages, associés à *Prisoners of Hope*, le classique des Mémoires de guerre que l'on doit au général de brigade Michael « Mad Mike » Calvert, récits de première main sur les Chindits, font tous la chronique du courage salutaire et de l'intelligence pratique montrés par ces Africains qui ont servi en Birmanie. Ils m'ont permis de redécouvrir ce monde, à la fois fulgurant de véracité et étourdissant de fantaisie, de la jungle au cœur du Sud-Est asiatique, où m'avaient entraîné les histoires de carnage, de traumatismes et de compassion durement gagnée que me racontait mon père durant ma petite enfance.

J'aimerais remercier l'Imperial War Museum, où j'ai passé bien des après-midi à fouiller les archives militaires déclassifiées sur la Seconde Guerre mondiale à la recherche des rares documents concernant son théâtre le plus brutal : la campagne de Birmanie.

Je reconnais ma dette envers les livres suivants : *Orde*

Wingate, de Christopher Sykes ; *Orde Wingate : Irregular Soldier*, de Trevor Royle ; *Fire in the Night*, de John Bierman et Colin Smith ; *War Bush*, de John A.L. Hamilton ; *West Africans at War*, de Peter Clarke. J'ai puisé abondamment dans une histoire vraie intitulée *The Last Public Execution in Sokoto Prison*, publiée dans l'anthologie *A Selection of Hausa Stories*, compilée par H.A.S. Johnston. Je dois une gratitude éternelle à toutes ces sources.

Je remercie également tous les amis et tous les membres de ma famille qui m'ont tourné dans la bonne direction et m'ont soutenu pendant que j'écrivais ce livre : Temi T. et Andrea ; Ona, Rana et Keith ; Nick Rankin ; Johanna Ekström ; Charles Taylor et mon éditrice, Ellah Allfrey, qui m'a encouragé à écrire ce livre et l'a rendu meilleur. J'aimerais enfin exprimer ma reconnaissance à l'Arts Council England pour la subvention qui m'a permis de travailler à ce roman.

Biyi Bandele
Londres

TABLE

Cet ouvrage a été imprimé par

CPI
Firmin Didot

Mesnil-sur-l'Estrée

pour le compte des Éditions Grasset
en janvier 2009

Imprimé en France
Dépôt légal : janvier 2009
N° d'édition : 15589 – N° d'impression : 93007